李宗舜詩選 I

1973—1995

序　永遠不許相忘

渡也

少年時代一起熱血寫詩及參與文學活動的好友，隔了三十多年竟然又相逢。故人江海別，幾度隔山川。乍見翻疑夢，相悲各問年。年華老去，身軀臃腫，使得重逢時彼此有些尷尬。蒼老和身材無法遮掩，而對新詩的熱愛、對好友的懷念也無法遮掩。

四年前，二〇一〇年，好友黃昏星（本名李宗舜，黃昏星係筆名，我還是習慣叫他的筆名）遠從馬來西亞來，遠從三十多年前來，擔任「留台校友會聯合總會」主任的他，來台協助台灣各大學到馬來西亞招生，讓馬來西亞的青年有機會出國接受高等教育，學成後回國貢獻所學。我們在金山南路「銀翼」餐廳聚會，才一見面，過去的種種一下子全都回來了。隔年四月，黃昏星再度為招生事務來台，我和內人帶他去銅鑼鄉「客家大院」看成千上萬的油桐花飄零。二〇一二年底，我邀請他到我任教的學校演講，在進一步的促膝長談中，更多的往事紛紛浮現，且更清晰可親，似乎伸手即觸摸得到。

一九七四年，黃昏星和他熱愛的詩來台，與先行來台的溫瑞安、方娥真會合，一九七六年十月十日成立「神州詩社」，旗幟鮮明。此後五年，詩社推出諸多著作及刊物，文學活動頻繁，強烈撼動台灣文壇。那幾年，我的心也被撼動！一九七四年至一九七七年期間，我一生相當重要的作品陸續在報章雜誌披露，《歷山手記》中的散文陸續見報，《手套與愛》中的情詩陸續發表，獲得一些掌聲。「神州詩社」社員的作品也抓住大家的眼睛。黃昏星那種具有新古典抒情特色，甜蜜溫馨的詩，讓我印象深刻：習武的人，詩竟如此柔軟。陰柔之美竟出自於陽剛的體魄。那幾年，「神州詩社」成員創作路線一致：中國、古典、感性、青春。和我所走的軌道相同，通關密語相同，因此我們一拍即合，一見如故。

當年「神州詩社」自成一個「小小江湖」，而我和李瑞騰、向陽在陽明山上華岡也有一個江湖，張默先生說我們三位是華岡三劍客。兩個江湖的成員聲氣相通，江湖的水因此經常對流，互通有無。

往事全都回來了。記得山下的江湖成員偶爾白日放歌，青春作伴上山，山上詩友聞風立刻奔相走告，呼朋引伴相迎。兩個江湖匯聚在一起，湖水洶湧，熱血澎湃，談文論藝，大聲喧嘩，整座山都沸騰起來！溫瑞安、黃昏星等人可能不知道，他們靠賣書微薄的收入來維持生計及出版詩刊。我們山上這些文青也是窮小子，兩袖清風，全身只剩義氣和詩。所以，當山下江湖湧上來，我們得要去調頭寸請客。

那一段歲月，大家雖然窮，但君子固窮，彼此相濡以沫，相知相惜。「神州詩社」溫瑞安是老大，黃昏星排行老二，印象中很多事皆由黃昏星一肩挑起，他待人重義氣，做事負責任，忙裡忙外，小如關照社員生活起居，大至出版業務、推銷書籍，他都義不容辭，甚至累出病來，得了急性肝炎，住院打點滴一個月，無怨無悔。

後來「神州詩社」出事，警備總部來抓人入獄，導致詩社熄燈關門，他黯然離開心愛的台灣，返回馬來西亞，但仍持續關心社員。老社員周清嘯辭世，他悲痛撰文悼念。一九八〇年十二月「神州」解散後，社員風流雲散，但背後隱隱然有一條線連結大家，那就是黃昏星，而不是溫瑞安。凡此種種，都讓我覺得他才是老大。

黃昏星於一九九四年九月進入「留台校友會聯合總會」至今，流水二十年間，引導馬來西亞高中生來台就讀大學，貢獻甚鉅。繁忙的工作之餘，他仍寫作不輟。文學是他的信仰，他的生命。遭逢巨變，年齡漸增，為稻粱謀，這些因素促使黃昏星的詩路轉變。若以一九八一年為分水嶺而言，他早期詩作抒情，後期敘事。早期古典，後期現代。早期語言優雅，後期通俗。早期寫私我題材，後期寫眾生。早期理想，後期現實。打個比方好了，早期詩作像情人，後期像太太。順手拈來，後期的詩如〈城市的生意人〉、〈辦公室的女孩〉、〈改行〉、〈病榻上〉、〈中年筆記〉等，均擁有太太的特色。

我樂見黃昏星詩風大轉變。優秀的詩人合當如是。不過，詩風變易並不意味作者必須否定或打倒早期詩作。後期詩作固然珍貴，早期詩作亦頗具價值。兩期作品都是詩人的生命。我很高興看到黃昏星這本詩選兼容並蓄早期、後期作品。看待詩的這種包容的態度，也出現在他對待友人上。早期結交的友人，以及後來認識的友人，他都一樣珍惜。進而言之，早期居住的地方，後來落腳之處，他都覺得一樣芬芳。因此，近幾年，黃昏星帶著李宗舜多次來台，尋找、拜訪老友和昔日安身的地方、闖過的江湖。向「過去」一一問好，向舊時人事物一一致謝！

二〇一〇年九月，他在〈烏托邦幻滅王國——記十年寫作現場〉一文述及諸多往事、舊友、故居，令我相當感動。「他還懷念我！」我在心中問。「詩人朋友中，渡也、向陽偶訪山莊，我們每次上陽明山中國文化大學拜訪，摘星樓風高氣爽，夜觀星海和眺望台北萬家燈火，寫詩懷念他們。有時黃昏下山，瞭望關渡平原，遙對觀音山落日長影，與詩人促膝夜談，三十年後回想，山下萬家燈火依然在我心中明亮。」這只是那篇文章中懷人思舊的某一小段。更多的懷舊之情，滾燙在二〇一二年三月出版的《烏托邦幻滅王國——黃昏星在神州詩社的歲月》書中。

啊，三十多年時光悠悠逝去了，朋友大多老了，有的往生了，而那些江湖也老了。從此，黃昏星，我們，就相忘於江湖嗎？

「不！永遠不許相忘！」台灣和馬來西亞異口同聲說。

二〇一四年二月三日苗栗

＊渡也，原名陳啟佑，詩人，育達科技大學教授

目次

卷二　詩人的天空（一九八一～一九九一）

卷三　風的顏色（一九九三～一九九五）

千百年後，我再來此
用最最陌生的口音喊你最熟悉底名
最後一條街曾經走過的
許多腳步聲響起
許多腳步聲消失

卷一

兩岸燈火

（一九七三～一九七九）

最後一條街

千百年後，我再來此
用最最陌生的口音喊你最熟悉底名
最後一條街曾經走過的
許多腳步聲響起
許多腳步聲消失

無須追問我也會告訴你
曾經屬於我的長街
我們用最泥土的方言交換著感情
當你仍年輕
我還童年

踏入街心遂發現夜色蒼涼
整條街何時才古老
幾個晴空過後
卻仍留得一片空濛

最後一條街只亮著一盞燈
也許是我底光，我底愛
最後一條街是那麼長而遠
日夜守住　留連的
我們

一九七三年

寒江雪

我在一片
白茫茫中
渡過
寒冷的　江岸
沒有花開，沒有一聲鳥語
枯松就在狂烈的北風中
悲泣著
我再也無法看見　遠航的
小舟

一九七三年四月十九日

山水

靜坐看悠遠的風景
煙霧滿山

開始時，黑幕緩緩的散開
劃破一個冷冷的清晨
旭陽半紅的升起　透過雲
和霧底白　炫耀著滿山紅
是什麼聲音唧唧鳴叫起來？
是什麼聲音在感動著綠脈？
雞啼過後　自那一個小小的村落

戴著笠帽的農夫　陸續地
用輕快的步伐
往山上的小徑步向田園

直到你發現　山和水
都分不開來

那種悠揚悠揚的溪水聲
便從遠遠近近的山谷中傳來
無論是傾聽抑或回憶
使人遺忘多塵的都市

一群小孩正在小平原上嬉戲
在白白的霧裡　追著

彼此模糊的身影
那時一群鳥兒從他們的上空展翅而過
隨著他們的跑跳呼喚他們的童年
小孩天真地唱著童謠　隨著風來風去
煙消雲散　剎時
聲聲哀怨的猿啼在深深的林間響起
瀑布嘩然
融合了孩童的笑語
也融合了山水
山已不在　人在雲中

靜坐看雲起
煙霧滿山

日落後，黑幕開始合攏起來
高峰上的小圓亭早已挑起燈火
古松在風中沙沙作響
庭院深深淒切著深深的亭院
風像一把蕭索的笛
把夜化成霧　化成了雲
明滅的燭火中正現出兩個人影
在小亭圓桌上
下　著　棋
他們移動著棋子
不斷一攻一守
在這個冷冷的下半夜

一九七四年四月十七日

日曆

我每晚都相對著你無言
看小妹妹很守時地把
你一張張音容消滅
這不只是一個往事，往事以外
還有一個未知的變遷

你老喜愛留念著死亡
不知不覺日子一天一夜地轉換
無論最後注定要流浪何處
死亡，都是最誘人的

當我再度瞭解遺忘
卻仍看到每一家人
依舊要掛上這不中用的名字
去區分月亮和太陽
其實除了黑
夜色和白晝並非兩樣

如此禁囚在千萬家門戶
如此執著而迷戀死亡
走後像秋天的一片落葉
帶來明日的陌生

我每晚都相對著你無言
看誰人的身世來得悽愴

一九七四年八月十三日

街燈

或者不該落淚的是我的光
每夜我就是自己的友伴
看人生，半個
淒涼

而行人車影，匆匆交錯
看他們奔波
看燕子閒散
看這個世界在風中運轉

或者不該觀照是我的亮
每夜黑暗籠罩我四方
而人生，總是
又明又暗

一九七四年九月十日

歸去

編織一雙草鞋來趕路，這人生
要我在西風中窺視你寒霜的臉
不要別離，一別不敢再見你

每次不管是風雨，夜是黑暗中的眼珠
你老是陪伴著我，不肯遠去的祝福
陌生人，要在河堤上熟悉地相望

終年守候，我將期待一個夜晚
把同病的歌合唱
相憐在鐵的欄杆

每次我都忘記旅途中的你，兄弟
不要悲傷，走了這麼遠路還如此長
每一個夜晚，當月
偏西

一九七四年十一月七日台北館前路

都是歌語——致瑞安

從一片山河再看另一片山河
那黑夜的自然已不再是一層潮濕的外衣了
如此一個朝代，又是一個朝代的捲土而去
換一個雨季如星辰，換一個新的春天
不難發現到的是：時間和流水
都是叫人不敢回首的淒迷

提起舊事，也許你的髮色都成霜了
至於在湖上咱們如何流浪
更不是一個劍客的故事所能說完的

有一天你還年輕得笑著東風
可否記取咱們雪花片下的故人

再說思念，就是別人死了也不會把它忘掉
你看我腳下的小路，永遠有幾千萬里
從歲月中來，從歲月中去的
都已化成一陣陣令人心跳的蹄聲
以後相隨，我在海角的一條叉路等你
帶著一片瀟灑的雲彩歸去

那時重提此事總是不遲
想咱們的鏽劍在江湖上該越來越金亮了
亮金的劍兄弟你竟一招要我敗服

唉！寂寞，孤獨，甚至悲愴
都沒有再傾訴的必要

一九七五年一月三日

再來的時候

（一）

是的，她說
這座城和燈光路遠
在夜裡，一千里外看一個人
曾經在廿年前
流過血淚的家園
我和她，在這裡想起
山河之外的從前，多少人
就這樣站著，在摘星的樓上[1]

用不同的情懷看山水悠悠
真正的風景
前面是一幅沒有秋天的古畫
深黑而帶些灰白，向你傾訴
詩情畫意的現在
一些興亡的年代
悲哀的傳下來，風
你說風就猛烈地來造訪
舞一朵花落在山頭
變成一夜的飛絮
山在那頭，一天下了數次的小雨
滴滴落在這高樓的欄杆
遠在天邊，許多過去

月和雲是悲哀
我和她，說了興奮人生
不願再流浪到無人的地方
那麼愛自然，要死
死在深深的山谷

（二）

是的，他們說
風是一個不滅的蹤影
永追隨在身後
若這個晚上，有霧自山中
帶著星星去墜樓　無人處
我是一夜螢火和燈光
在你們四周亮起了宮殿

雲和衣裳，花和面容
同時在一支歌的餘音裡思念

面對著長夜一片空濛
一座長城傾倒在眼前
為了跟妳接近些只好探望遙遠
天也黑了，整個山莊
不再下雪了，雪是那麼遠
和風雨，滾滾大河沒人來行舟

是的，他們說
夜是一盞不眠的小燈
照亮了心房，而水流盡處
無非是一曲小令在風中歌頌

彈著琴唱著傳奇的故事
於高樓之一角
神遊人生

一九七五年三月一日

1 中國文化大學有一藝術館，高十層樓，我和瑞安、娥真及長江組諸社友於二月十九日晚上前往看夜景，頂樓像似宮殿的建築，瑞安命名為摘星樓，是夜於樓上鳥瞰台北市璀璨夜景，和著歌，談文學，返回政大後一時詩興寫成。

斷橋

很多故事在偶然間發生
回到現時，我們門前的那盞燈
每夜亮給誰看？
江水淡淡流過成了我的無語
霜雪會告訴妳這是冷漠的冬天
每年都會來的，這是
我們很久沒有回歸的家
每次當妳讀我的長信時
我在雨中走回故國的土地

一把傘要迴避這天地間的夜雨
一個自己忘了好久的名

也不知家人住在哪一個家鄉，這麼久了
世界永遠屬於一座城
所謂天涯，就是要人走遠路
尋尋覓覓，一天過去了我們恨夜長
城在三更後敲淒涼的鐘打壯烈的鼓
我們並非這城裡的人，此去經年
當月隱去，我們不再擁有
城裡的風，在流光裡
我們不敢相望彼此眼中的
江湖

而所有的結合都在時光中淡泊
我們熟悉的臉，陌生的一生
一個歡笑，永會化成一朵落雨的雲
如要回眸，回眸總是一個遠遠的揮手
秋天除了落葉以外
什麼都沒有留下來

還是以前，我們門前那盞燈
家人都沒有訊息。回到童年時候
我們攜手走回田園的小路
多雨的泥路中有破落的樓台
有幼時的風景，當我們踏上
二十年後的斷橋

所以一切都回到自然了
後院沒有雁群，窗外沒有過客
所以一切都回到現時了
妳在城外，想我們家門那盞燈
風雪過後，春天就會到來
我悄悄地走過風景………

一九七五年六月二十二日

話本

我因有所選擇而錯擇了風
遙遠地向妳飛揚一句傾訴
常有一顆星伴著半弦月
妳知不知道，在中秋節過後
賞月的人最後便剩下自己了
我知道妳不想知道
相逢之背面往往隱藏著一種悲愁
此地的杜鵑聽說在三月裡淡淡而紅
去年的蛙群說來就來說去便去漸漸了無聲息
門外一盞燈，房中一杯清水

清水如流，時光如刀，日曆上
刻著七夕的名字

是的，我將會回到那憂傷的陸橋
聽著車聲把口音輾轉成片
我的口音常有懷鄉的病
在妳的小溪前游成一條帶著傷痕的魚

是啊！七夕以後我是一條帶傷的魚
只要游過妳的家門便完成了心願
星星在等著月落，月落前
有一種無盡的記憶，在沉靜的房中浮起

一九七五年十月十五日

十月

十月是一場水災[1]
水災之後是一地泥沼
泥沼過後變冷，這天氣
常常聽到風聲在電線桿上彈琴
定律的快節奏，日日夜夜

電線桿陪伴燈光的寂寞
會飛的都回巢
會爬的都蟹居在岩洞
於是一切都加快腳步了

文學院一年級的我
聆聽老教授古詩書解說，視線
從他老花眼鏡移到窗外
待一隻蚊蟲飛進來
注意力才重新回到課本上

十月是一場水災
無法洗淨是滿身泥沼

熄燈的夜晚
鄉音在十一點後點唱
到了大清早
蛙群鳥鳴像鬧鐘喚醒夢鄉
年年歲歲，宿舍像家

我們像千里而來的飛燕
棲息這片山河，推窗
望向一排燈火的輝煌

十月的腳步聲沒有休止
它輕聲走過
請隨身攜帶雨衣，走出門外
我看到有人憂傷，有人
低吟。我看到自己
走過寂靜校園
腳印是回家的心情

一九七五年十月十九日政大男生宿舍五二一室完稿，
二〇一三年九月十五日重修。

1 一九七五年十月十五日連夜一場豪雨，木柵區政大低窪地帶，包括文、法及商學院底層全被大水淹沒，一片汪洋。

點頭

早晨春天的路上
妳來了，那麼一點花開的微笑
在沙灘的長橋上
一點頭一手揮別
恰好是二月的風雨
留給故人一聲訊息
只敢回眸，看妳一眼
專注。妳來了
告訴我有人要去流螢
在茫茫的海灣，浪花也

點頭，點得那麼輕描
像淡寫的一幅畫

只是今天，該有多少留念
我們都牽掛著沙灘上
每一顆星星的眼睛
點頭是送妳到了遠遠
千里雲煙。點頭是
一個女孩虔誠地等待
那遠方的魚雁傳來
而後是，縱然是千山萬水的無盡
仍是點頭迎妳
古朝代一樣我夢見了家鄉
在訴說心中不平的遭遇

我們來了，又要離開
海灣和波濤
有時多寂寞
似是舟子的詠嘆和輕盪

春天來了，我是
一列長長的火車
在山頭和妳點頭
說時間不早了
就像世界從來沒有的沉默
我說我要走了
當妳來的時候
恰好是二月風雨
潮濕了整座城

春天的一個早晨
醒來後我到鏡前去梳頭
發現妳在後面
背靠著我
微笑。無言。點頭

一九七六年二月十二日福隆

早到的腳步

如夜為雨超渡，雨是燈蕊
為沒有照明的夜點亮
如你是我，你是遲到的霧靄
揭開天窗一直到路遠
陰暗的街上窺視行人的眼光
你談詩，我唱詞
在沒有發現的牆角上
你家的對聯使我想起
去年的雪，會不會是

今天的花開
迷茫的富貴榮華

也沒有所謂晚春
小道的黃沙都是為了
叩響的秋蟬而落定
但我青澀的歌
卻是靜止的沉默
走過校園，看花一點紅
在綠中，有那恬淡的桃花園
要你回到，車水馬龍的路上

那麼光陰以及它絕對的情懷
就好像我，寫了一首詩

為訪知音自悅　生活的意義
早到的腳步不能停止
繞道流水望盡千山
雪花像覆蓋著腳下的海浪
在你的身前
成了忘川

秋月你應該仔細地觀賞
一生多夢的故事
有多少供你傾訴
在我的門前
倉卒間為你畫上一幅水彩
再添上一點濃墨

讓風雨和時間走過
變成一點粉紅

一九七六年二月二十日政大五二一室

波心

是為了要看你們的笑靨
我開始變成那默默的無言
昨夜的圓湖，小亭是近近的
家。昨夜我在冷風中
迷失了自己，水是我走過的漣漪
如果在黑暗中看得太清楚
其時必有無名的刺客
來向你們傾訴行刺的過程
我正在聽，入耳是多麼長遠的聲浪
以後若有人寫史書

也許只有朝章圖典
卻沒有你們。我是那湖靜靜的水
緩緩盪開謎樣的黑夜
和天地打了個親切的照面
長久地守著一方小圓
若要寫詩，寫你們的身世

但我到底走了多遠，寂寞的落葉
曾經是從前的青青草原
像你們走過杜鵑花，城是
大學的門，行人是熟悉的過客
但到了那時，我還是一湖漲滿的水
即沒有前人，也沒有來者
把那歡樂化成一條長江的支流

一夜間成了萬古的芬芳
如是一日一月一年，人去了
城空。你們卻讓我看見
從古遠的源頭流了過來的臉
笑著且認識我

何其快樂，快樂的黑夜
就此倉促流過每一張帶笑的臉容
可是流水反而是
迷失的我，緊抓不住的
兩岸的小道。何其美麗
美麗路燈，點起長明的黑夜
可是流水反而是我的　　孤魂
把你們的家譜寫成了日記

是為了要看你們的笑靨
我已經死了千百次
是為了要看你們重來悠遊
今夜我完成一首詩
在高樓的倒影下
也好靜靜留下
一個連綿的話題

一九七六年三月一日政大

紅橋

我常把妳的名字喚成心中的倒影
每當行人往返的時候
如夜裡一盞螢火，明滅為誰
當山水止於高原
我年輕的伙伴
唯有呼喚的卻有摸不著邊界的悲哀
讓你嚐嚐歲月甘苦
是則一支歌，繞過這頭和那頭
只有路人才知道盡頭何處
拉緊了弦像兩個彈著不同樂器的

民歌手，各自扮演一個角色
訴說不同的憂傷
日夜唯我知道

我是日落前
一座日夜泣血的橋樑
繽紛為妳，為妳處處感到難安
像一塊大石沉於湖心
妳恰好是接那飛奔而上的波濤
有始有終，不停的歲月老去
落得紅影一線在天地間搖盪
也要沉睡的他們轉醒

或許這是命運，世事
無常本就不求多人了解的路途
若我行舟，湖是碧潭
碧綠如山丘，如生平最開心的事
划船的人止於流浪
止於不再值得操心的烽火
而我們正要回去，妳說：
我正好是趕上這最落寞朝代的人
讓許多事都曾經發生
最後留下一片空白

可是這是靜止的，當我
一手指向山外的煙波
妳我便在橋上的兩頭

成了相守
看見風雲色變，沒有人等妳
禪定，就包括我和妳所彈過的調子
忽然響起
忽然沉寂

附註：紅橋為新店碧潭上一座吊橋，因漆紅，故名之。

一九七六年三月七日木柵

塵沙千里——致林鵬忠

這次你將遠行，塵沙千里
想必會在春日的晴朗中留下了
我懷念的鄉音，我依戀的
鍾情，當落日黃昏後
我在此岸守望自己的星辰
你在島上遊歷的山河錦繡
這只不過是人生別離一點
悲傷和聚散。你將遠行
帶著興奮和不捨的心情，因為那是

祖國，山明水秀
有江南大地的風光

或者我不該如此期待
期待你重新回到島上來
溫暖的人情，古朝代大國民的
胸襟。或者等你再度留連
春色嫵媚的雨
杜鵑花城裡飛絮的飄香
傳來整座山下的燈火和行人
每當午夜，想你遠去他鄉
不知時日已老
新月的寒涼卻有抵受不了
新春的薄涼

每有三杯兩盞淡酒天氣
我便在這江岸，遐想
何時何日你再為我添上
一杯高粱，帶著無比喜悅
而那又不知會不會是
暮色遲來的時候

於是我在校園等待你南方
漂洋過海的一聲回音
不知何時重逢驚喜一場
其時星星必有含笑的眼神
閃耀這座大學的城門
當歌聲以及祝福

遙遠地傳了開來
帶著你南方的色彩

一九七六年三月二十日政大文學院

剪燭

你知道嗎，燭心是一種臨風昂揚
只燃著一點光，一點點的
跳躍，平靜的心
沉下去是永久的傷情
在屋簷上盛滿了雨滴
窗，黯淡。

凝視，坐下來
坐在身前，憑藉著我的愛慕
照亮手中的詩卷，和

年輕的鵝蛋臉。我輕輕喟息
沒有人聽見，聽見
我的擔心似海灘的風沙

你真的坐下來，依稀唸到
那深深的秋蟬，讓我
淒然飄落楓葉

我不知何時會化成煙
一道，向你探索的陽光
看窗櫺的兩盞紅燈籠
閃爍燈蕊擔心正似我的
憂慮，照亮你的春暉
而你，真的讀得到那濃情的詩嗎？

我默默仰望，帶著驚喜
以野火觀照詩卷
但我不知，真的不知
何時會夭折。思念你的女子
一陣風便把我刮到遠方

你能在我死前細訴那都城的名字嗎？
你能在我掙扎時恰好掩上詩卷嗎？

兩盞燈籠已飛成螢火撲滅的黑箱
你會不會，長嘆後拋下詩卷
拂袖出去……。

外面的雨催促我早該遠足
燭心燃到最後真情的花瓣
雖然一點光也不能沿續
我，我已化成一灘血紅
想為你掌燈卻跨過兩岸
在我死前，在我還有一點愛
你讀不讀得完這卷詩？
我惶恐在你掩卷之前離去
留下沉沉的，蒼白畫面

一九七六年五月八日

捕蝶

不期而遇於琰黃燈下
妳似春蝶，乍闖紛嚷之蛾羣中
眾蛾繞火而舞，獨妳
棲憩葉畔
而我想以花姿吸引
卻苦無彩衣。時正夏末
亦無雨，帶妳尋覓
我那處
小小的傘蔭

只瑣細以往日的故事
引妳點點關懷，逗妳盈盈笑靨
一席短話，竟不知
該不該珍藏

眾蛾舞得狂烈，像極落葉
在高歌的捲風中
我卻揚不起衣袂
也未能留妳於身邊

再換個角度看妳
繽紛蛾影下
雪光映照一枝白梅
在稀寥的炊煙野地

我是幸運的旅者吧
樂於獨賞妳的豐姿

就那樣帶著點隨意
纖白的手彈不彈琴？
水清的眸讀不讀詩？
那席話後，我苦思
妳算哪一季的花蝶
我算哪一方的捕蝶人？

一九七六年七月六日

照汗青

面對天祥村座落的
白色建築，面對您
留取丹心的肖像
整個漫漫長夜
立地成為豎立的尊容
想像您在雪地上揮毫
雖數百年而堅忍
如今還是千軍萬馬的
不帶一片落葉
掃過冬天

但海濤仍是虎嘯
仍是野戰炮和寒冬的鼓鑼連年
崩缺了英雄血脈，憾恨了
幾千載的衝冠怒髮
而我在你面前膜拜，入夜時
我的頭髮依稀一片霜雪
眼看大半壁收復的中原　而
沒有人去戰爭

面對這座落的白色迴廊
鐵蹄了一千遍，黎明
驚聞雞鳴登高瞭望
這兒有隻蟬叫了一夜

在枯瘦的枝椏上傳來舊歌謠
當我走過迴廊三趟
神遊金山忘了時間
似在等待雨停，遲來的人
也要趕上歸途，跌坐沉思
揣摩巨手揮毫的雄姿
忽然夜霧來襲
漫無方向，但我毅然
緊握您的軍令在手
殺敵般衝鋒陷陣
這漫天飛沙，千萬年
也掩蓋不了黑暗

一九七六年八月三十一日

麻將的身世

我們在牆和人的距離遠時
設想自己是城的守護
來去的人潮，久而忘記
天網恢恢誰在四方城外受監視
某夜深時，更鼓相去已遠
忽有推牌聲預告著一方的輸勝
而牆就在我們前面
倒了。因為太近所以看得模糊
所以設想的終歸是設想
受監視的守護

不知持續好抑或停止是好
寂靜的子夜，偶爾一個小夢初醒
黝黑的廳堂中發現
散疊在正方桌白紙上面的
是一堆杯盤狼藉
四張空椅子不知何時因冬天而冰冷
在太平天下時候
一個日暮黃昏裡忽然憶起幾位戰友
會不會遺忘城外轟轟烈烈的戰績

一九七六年九月十九日

背影

過了夏天，到了十月
我衣角上的塵落定成秋水
為想水袖，盼望見面
我自很遠的戰場來
不忍心看漂泊的妳
哀傷如斯，不能成伴侶
若是歸去，妳必早已忘記風衣
溫暖中的深意
帶著一副花樣的臉色

那時候回過頭
看妳的影子，在黃昏
便成了藍藍的天色
彩霞也化為一天的雨絲
美麗了我的懷念
也美麗了所有風景

一九七六年十月三日政大

衣裳

我們什麼時候再隔著玻璃窗
相望時想，衣裳容顏
到了何時才有相見的一天
我有羞澀的話語不經意地
感動成為一條古道淵遠
在無人的小橋頭
我如此愛戀流水
知道妳有快樂的深夜
展顏像花叢中蝶影
那麼楚楚地飄，一點都不驚動

一支飛揚的歌迴盪時
十月悄悄，始知歲月揮了手
彼此不再同時忘懷

涼風，涼風為路人披上輕紗
我是秋天，等看小新娘路過而心跳的
秋天，一句話也不敢說
怕說了出來無人問津
知音弦斷亦復如斯

妳就聽我細訴吧，我多害怕
沒有露珠的早晨，晶瑩地滑落
小池塘的風波
盪開而後成了飄逸

若我們陌生如故
兒女英雄到了天涯海角才相逢
我多想跨出去，因為我只是草叢中
一株小草，邂逅時彎下腰
十月還依稀可以看到鞋子
成雙的祝福
我有一首心思夜夜可泣可歌
走廊上課堂上
為妳探望，路和問號
為妳唱唱大江

一九七六年十月三日為一個女孩生日而寫

晚歌

（一）

歌唱時悠揚，但覺關山飛渡
只有一藍天，蒼茫著自己的白雲
星光閃亮，大地流水東去
中秋時節不會想遠
只想近時明月普照中原
輕飛啊飄飄的那些碎葉
鬼哭般橫屍遍野，招黃昏的魂
今夕何日晚風是送行的蹄聲

有曲折的路宛若蛇行
似遊龍的傾吐，那素昧平生的驚和喜

歌唱時悠遠，因為無風
歌者便是飄揚的幽靈
回不了岸的波濤，浮萍小舟也互不相逢
一衝便千萬里
幾滴心酸淚和一湖清白水
分不清下次何時離去
塵埃一旦落定
歌唱時悠遊，但沒有知覺
知覺是雨，散成滿天的霧靄
帶你進入一條無人探望的街

（二）

經過一場烽火的世界
煙和雨都在天地中長嘆
煙和雨都在天地中輕搖
如城牆的磚一塊塊倒塌
我們走過風花和雪月
最後只剩下一本無名的歌譜
我們唱歌、狂笑、長嘯
換來一把子夜的胡琴
清唱時悠遠到了終點
再回頭看一看
昔日的伙伴　反臉
成霜　反目

成虎，不說一句話
那麼枉斷的豪情，沒有俠意……

經過一場風雨
流浪的人說：
我是千千萬萬忍不住的腳印
踏破了許多船的故事
不提也罷

一九七六年十月四日

依憑

問妳是不是民初的女子
既知現代無情的號角
轉過頭來探望那有情人的一瞥
許多交代像雙雙跨過馬路
綠燈一亮車子衝了過來
不受驚地我把妳送到路的對面
不管擺渡的人在熱陽下眼已昏花
我盲目的深情只好行水而去
流到漂泊中的每一座城
在玻璃牆外看妳深深思量

也許就怕告訴對妳想透了冰寒
這像一首歌裡
說是下雨，窗外濛濛
有人一箏膝前一彈一撥
民初便屋簷般變化現在霓虹的世界
還是有堅守的門，打開了
還是有許多悲壯的浴血
有人一把二胡在手，一拉一推
幾個深夜的伏案想念
靜得僅止一朵音符在獨唱
越來越悠遠

問妳是不是因寂寞
孤獨常常身伴著我

挽來妳的紅袖給人意外的佳音
也有意外的絕句，捧著自己的心思
讀進自己的血海裡
當妳選擇了水，我選擇了山
我們從浪花和石頭做起
常常相互撞擊
不知彼此在哪裡

問妳是不是回來我千百個等待
上課走過傅園它催促我成傅鐘
而我又要看天，我的路遠
那故事裡的懸疑無人關懷
自己只好想像是清晨擠公車的人
然後下車呼嘯成最開放的風

問妳是不是民初，最愛穿旗袍的女子
揮舞著一面絕情的小旗
但世俗都是不解的風雪
歷史家的眼神在試探
小說家的人物對白在追問
詩人的筆這樣草草的寫
當妳選擇了愛，我惟有百般依憑

一九七七年一月十九日

行舟

忘了我是何時走錯了路
搭錯了船，一時想去看穿
生命的短針，滴滴答答的
常被人遺忘的，一個
急促的音符
僅止嚮往最後的字句
揮動那歲月山河的筆
念此際是煙雨樓臺抑或深深望眼
當葉子一灑向夕陽
妳像上游的小舟

我如逆水的釣者
交錯時不知人面倒影
水深無緣，分隔著沙地上的腳印

現在我最怕人看穿
關於垂釣和守城的事
游魚和浴血的錯誤
為那不守諾言的戰事
喪失了水陸的懷念
妳是南方瘦弱的女孩
還要在水上猜疑
不知唱些什麼調好
我只好是遲遲不來的音訊
等妳彎腰說一句話

妳是我燈下的雨珠滴滴點點
越愛越是無限

願此時有足夠的情絲不斷
和那行雲行水的煙雨樓臺
我的腳步從不拒絕遠足
正如承受了生死看破紅塵
總怕美麗反變為疑點
一盞燈照遍了整條江岸
說誰也不再愛投江
無須在意這是一片感傷
無須投懷任他無數星夜
也有了安排

一九七七年二月十日

只是經過

如果在試劍山莊
我在窗前等妳回來
總要歡樂瀏覽悲壯的山河
然後揮走一首孤獨的歌
再去尋覓妳的釣者
一夜漁舟越催越遠
腳步聲是沙地上的伴奏
忽然寒山寺內一聲木魚
把我從錯失和遲夢中
一聲惶恐便選擇了我

世界上千百萬人中
唯我愛隔著牆偷看妳
不知割捨和取得
有時像一張唱片
等待和旋轉猶似一種自生自滅的過程
短街上，看透了一點風霜
不見面時最深是埋怨
在以前緣份是一道隱約的流水
在現時緣份是一道土地的裂痕
觀望著戰火連年
河岸是少女的小手
招挽不回她的哀憐
我的卻是一廂情願
把青春送給時間

漁樵耕讀荒了多少雪白的臉？

世界上只有我一個人
今夜面壁想妳，同時不解
我的是落楓滿地
妳的是春風吹老
一個旋轉各自在盡頭分道
幾千年後我再去苦思面壁
妳輾轉流離
從前日記有許多田園
現在身前是一張地圖
電影落幕時我們回到最初的地方
再各自分手
其實故事從哪兒說起
結局。尾聲。關門自守。

不管中間突破，起承轉合
一早就有了傳說

而妳總是一面鏡的兩個邊緣
照出牆外的天光和黑暗
我只好說：失戀
在斷橋的中間
我在窗前等妳回來，那心情
我只是一首國樂裡的一點不甘被奚落
當中多少次過門
經歷多少事變
昨日相聚，今日分手
明日陌路相逢
一時不知哪兒去找話題

只好從最初最快樂的所在
說起

一九七七年四月二十日

遠征

觀潮時，霧氣成為遙遠的招手
正默默升上天宇
把前方的水路及帆影
破成一把水扇，隔絕人世
今天我們來，心中懷著沙
土地在母親的臂膀
串起門環的聲息
問你恩怨那風霜
永遠是在江上唱大風起的人
然後回到桃花中讀離騷

在大漠孤煙裡等待
那一群回不了朝的軍將
火紅彩霞中
燒起來照眼可以添上幾筆湘江
所以我們開始游離
重演一次〈將軍令〉
在中原不踏雪的城池
遙寄給遠征的青春
日夜千萬里陽關，把榮辱
漏夜趕上了古道

退潮時，風都靜止了
那浪花，捲起我們的戰爭
停止同時又開始

一聲號角響開天地
把腳印堆成一座樓臺
若你是飛鳥，春日
賦別了陸地，忘了行程
一去帶走許多脫落的鴻毛
山上正點起滿滿的燈光
夜讀離騷
分明不知來時方向
桃花已飄落到湘江
觸及它的鄉音，它的絕望
而且有一支老歌，伴著一把胡琴
黑夜還走了調

漲潮是，我們什麼都看不見
只聽到風聲，平地一聲雷
古戰場一般的沉默

一九七七年五月八日

獨行

我在樓下等妳
黃昏來時，飄過一陣細雨
打窗外斜入夕陽　　然後
一陣寒鴉落入叢林
朝向路人的行行色色
他們的步調，似是
沒有過門的抒情老歌
在巷道裡拉長了影子
人網恢恢，疏而不漏
回家的人低聲說：其實守望

接近南方的水岸，和赤道的陽光
多魚的天井是一面浮起的鏡子
照著雁子的天空

而在殘花落日時
我已上樓看穿那天色
等一場熱切的黃昏雨
要為生活買斷
許多朝代的花香和溫婉
把許多愛戀都輸送給
不情願獨行的人間

那時有一種遙遠的牽連，需要針灸
把線穿破了傷口

永遠為無休止的赴約流血
在葬花的時節
也許只有一個懷念過妳的人
無奈在最初、最後
還得留下一個全圓

一九七七年五月十日

前程

黑夜裡，誰提起要流浪
沒有行軍前的衝殺
我們飛渡到了海灘

跳下去，死後再來浮生
那沒有月的水色
黑而美，當有一捲後浪
日夜襲來，日夜流入夏日的港灣
打在，我岸上的一盞守夜燈
打在，行水的舟上

守望是沒有距離的水線
永遠在那兒拉長

黑夜裡，流浪的人說：
夜鴉渡過了河堤
我們並非有意安排
衝殺時的推波助瀾
當草木皆兵
緊緊抓住沙岸
那是我們相守的地方
跳上去，草木為友
影子在風水中淡忘
曾有一段路，黑暗的山谷
走過的人都帶血

一九七七年五月十三日紀念一個可怕的日子

歸心

風信子飛落了滿地，說：
散去的故人
千萬里外有搖鈴，有風訊
寄以最遠的微塵、最冷的落花
輕嘆多少窗外是流離
在短短一封家書裡
用筆劃出一道明日的歸程
母親啊！我是那歲月
許多流失的腳程，記不起時間
血液中有一支勇往直前的箭
最初都是失落的，更何況

路客的搖鈴，最後的宿命
生死於想念，不安定的奔波
當容顏掛起黃昏和雨水
以及一滴一點的朝露
就那麼一行雁語，一聲馬蹄
風蕭蕭來我外出行醫
找到了樓閣，問候中
有您白髮的長影
雪融後，一支小調引我於天涯
冬末一樣在北地的鄉間
哭一面哆嗦的牆，不倒的挫傷
被玩弄於手上的掌故
一段曲折的章回

一九七七年五月十三日

五月五

我多想用水來憑弔
一種聲響，各自成浪
那是條越來越接近五月的水道
點亮一盞燈來照你還魂
失落像奔流，倒轉到山頭
漸漸把一生交錯給
沒有影子的時光

若是一再催促，我將唱斷
化魂來尋覓你的天涯

在石頭上，刻一個名字等你看透
一直到天黑，煙水的世界
黎明總是不錯過

等待一次別後的懸念
五月，在江的下游是氾濫
上游是枯乾
你是那長長的足印
日夜於兩岸徘徊，那時
媽媽在小屋喊我回家吃粽子
在佳節的午後，於轉彎處
便有一片葉子在浮盪

一九七七年七月六日

六月六

那時正雨天，小道上
我們趕著一場送別到天亮
雨和人影對立，在悲喜中
成一座悲喜相逢的天橋
在悲喜中交匯成滿天的雲彩
看誰也不甚哀傷
當我走後，日子恰似秋色
風景是秋天，行人是暮色
漸漸走進黃昏裡
我聽到有吶喊聲是六月的悲歌

帶血的情感用針來刺斷
和一群人分隔了水道

而回程的道上有烏鴉迎面
告訴我跳牆的勇氣，小亭中
有人臉色寒酸等著另一個人
想回巢的路有一段坎坷與不平
聽鳥鳴獨自長嘆，說：
該有一陣震人的車聲
把六月牽引入夢
完整的看見自己的後方
有座高山在那兒聳立

一九七七年七月十五日

七月七

我把颱風季狂飆的蒞臨
預測於妳過去的浩劫裡
每逢佳節，遠遠的水陸上皆鼓鑼
當我離去，留下妳在後頭戰火
想當年橋上的獅子，在一陣怒吼中
漸漸濺出了熱血。四十年來
河岸日夜依念著河岸
破鞋踏碎心情，尋斷魂還歸宿給自己
每次憶起妳，疲倦的守望

當我再回來，死時，請餐我屍
來更換妳心中燃亮的火花
因為要停止說話
所以還妳以嚴冬，以所有的塵埃
我聽到有人在後方說：
七月是旅人靜止的馬蹄
在第七個夜晚抬眼望空
星星依舊有螢火和飛鳥的眼神
而長街唯有站牌孤獨伴我
等妳搖落和航行的音訊
再看那天色，似是彩雲中的銀河
有伴侶出現，相見有散離
就這樣風水般的等待
也許有一把火自雪原烈烈地燃起

讓我走入黑漆漆中，借路投向黎明
似是一覺醒轉，倉促地過了半生

一九七七年八月一日

樓臺望斷

從近處望去，那是你的綠平原
那是汽船排浪的水花
等待著空白的湖心
空白得激起風波來
在你的視線裡有一道流星
芒鞋踏破不知歸人
有路日夜待趕
當你推開窗，發現魚鱗的燈亮
卻讓夜寒流了進來
側首看天時，風水已亂世

而遠方有一座樓金針般聳立著
石門無門，任開放的一湖春水
惟一路可以蛇形尋去
山上是我們風樓的探望
衝天而起的霧靄

那時候的落日
在淚雨中下了山
這樓房有如佛門禁地
宏亮是鐘，交錯是滿座人影
一會兒又往窗外消失
天臺上，看你在簾外影形晃動
一場劇烈的爭論過去了

黑夜一雙魔掌滑過來
我似動似靜，在聽著歌
歡樂有時是尾聲
大合唱的高潮起落
我想問你看見月色否
你卻告訴我刀的故事
彎彎似半個人影
沒有雨珠，只有流星是暗夜的光彩

一九七七年九月九日記石門水庫之行

穿行

她走後，風便涼了起來
我是上了小石階，聽到水的滴落
但天空正放晴。夜半有蛙群傳來
自我的行處，有一種
多年行腳的苦役，甘甜自在心頭
縱是夏日炎炎，我還是
不斷的穿行，於風高的山上
緩緩渡向水的柔弱裡
柔弱了一生一世

你是那個不知名的親人，抑或是地點
苦我於尋求，獨立在人海中
感於憂患而無法伸張
敢於說話而不再有戲重唱
你是舞臺，我在台下看你
因你的悲懷而使我想盡了悲懷
你是雪，我是鞋
踏破了所有的蹄聲
難於尋獲從前受創的腳印
現在又要穿行，又要隱滅
在浩浩蕩蕩的人海中

她走後，在眺望台上
漆黑而迷茫，風雪帶著笑靨

看她冬天怒放的健步難去
這時翠綠的園莊，散發一支歌
蜜蜂的嗡嗡蒼白了整個夏日
留下最長的一夜風雪
許或我失去時你正有所依
像魚在水中等黃昏，不情願的
要一盞燈燃亮，照著西山的川流

一九七七年八月十六日大春山莊

等待和出發

是花朵和樹林，以及泥土
把路鋪成了候鳥的音容
以沙石的溫濕建築堤岸
始終要人在海上流浪
而且一直是在春天

我等妳來，初初的凝眸
看開了我滿目都是水晶
一顆顆滴在心口上
牽動我的手走進衝起的濤聲中

一路上掛起風雪的聲息
深深地透視我的毛衣
我只想告訴妳，我要那滿袖的灰沙
串起一段鏈珠，寂靜地搖鈴
從我們的生搖到死
滿足梯口遙相的關懷
當妳離開，回到房中
我扶欄而倦
一步步搖上樓台，一步步跌入樓下的人海

是花樹，以及沙石在路上相迎
我依著紅欄杆在梯口候妳
想探出妳的足印，在沙灘上
春天像元宵的花燈

一家連一家的流露出
迷目的歡笑來

當我再度離去
茅花已開了一條小路
春天的雨水，如常下著
把泥土沖刷得如草原
青青的露滴上

一九七七年十月三十日福隆

詩人的天空
分一半給了情婦
他看不到七種彩色
掛在天邊的虹
只有一束人造花
把不朽插在空瓶裡
陪他吃不完的早餐
是昨晚殘留下來的雨露

卷二

詩人的天空

（一九八一～一九九一）

新居

上十三層樓乘慢半拍的電梯
宛似在農田坐噴黑煙的拖拉機
無牽無掛，下班後發現腳步有些浪蕩
便想起今天總有些難忘的事情
等待填滿的空虛，就是那方格子小斗室

我的新居是城市裡的大廈
仰望的高處是無人的煙囪
等到星期假日，才有
熱門的音樂和窗外的雲煙糾纏
雲煙自生自滅，那人推開房門

又做一次遊魂般向市街奔去
空留下班後晚間一片孤寂
打窗外吵雜的空氣流去

我的新居幽靜又安詳
上十三層樓電流不中斷
二房東偶爾請我吃飯、喝酒下棋
談論著命相掌紋八字配生辰
房門外的日曆便把時光一天天撕走了
我的斗室不掛日曆或者時鐘
只掛一張褪色的相片
在那裡我要觸摸時間
水火那樣熱切地感同身受

一九八一年八月九日

感懷

夜讀東漢王充
論衡第二卷無形篇
乃曰：天地之性，人最為貴
讀罷末句，合上書冊
窗外一陣風橫掃千軍的颳來
始覺自己獨個兒守在房裡，眼前
隱約一片亂世的暗潮起伏
友朋，卻遠在他鄉

我是古書裡頭
一字一句的圈圈點點
任你如何瀟灑，刻意去
擺脫，鄉愁像濕濕的毛巾
冷冷在握

如此，我又要過一個漫長的夏天了
熱帶海風帶來沙灘的椰影
它們彎下腰身
怎麼說
快樂還是不快樂
都不要語言文字訴說

一九八一年八月十一日

歸鄉

往北的長途巴士
超載著沉重的歸心
不管是國定假日還是沒有佳節的週末下午
自然界一片綠水青山，都抵不過
探向車窗外的遊子
隔著一層玻璃窗
尋尋索索。而我曾是
一路涉溪上游趕去的孩子
天涯為家，迷途忘返

八月，也許該有一場豪雨
如女牆的脆弱和冰堅
橫面一刀把愁腸切斷
空留一些紙屑，像包不住火的
謠言，蒲公英般散去
一直到訊息中斷為止

往北的長途巴士
不超載重量而負載輕愁
負載的輕愁肉眼看不見
那一眼就看見的彎曲馬路
又一瞬間模糊了

一九八一年八月十二日

珍重

白色的航空信寫著細細的字
字裡行間我看到一條河
正向我心海的缺口奔來
今天，好像有雙冰冷的手
擒住膨脹的胸膛，那訊息
如一場旱天多時未下的雨，雨前
起一陣雷，不聲不響地
那遲到的晴天霹靂

白色的航空信塗著一片血漬
那裡我聽到無數的哀悼

正密集向我靈思披靠，今天
我將游離到哪裡去了，沒有
渡我的航具，最快的速度
我的慰問將穿山越洋而去

節哀吧！在天之靈的父親
他唯一的獨身女兒
別忘了相伴的母親
極需呵護埋葬永久的傷口
她還有一段寂寞的長路
妳若不在長途上相依為伴
她重重的步伐更不想再移動了

一九八一年八月十八日

城市的生意人

城市的生意人，大清早
梳亮了黑髮走進冷氣的辦公室
拿起文件夾、看腕錶、翻檔案
是時候了，打開電話機
撥個號碼，等一等機遇
到股市、交易所、金融機構
和抄寫萬字票的女孩談談天

城市的生意人，大清早
也有的，坐在咖啡茶室

要杯濃咖啡，蹺起
二郎腿，慢慢讀晨報
過日子。也有的
姍姍來遲，滿目星星
他們是坐馬賽地賓士二八〇的闊大爺
走路大搖大擺，帶一陣風
看天而不看地

城市的生意人，大清早
郊外開車進城門
怕塞了車而闖紅燈
怒了警察先生的鐵臉
四處尋找停車的地點，赴約會
遲了便倒楣

城市的生意人，為什麼
常常喊倒楣，埋怨交通
阻塞，天天給泊車錢
還一肚子氣無處洩
因此便愛慕鄉下，走路如
情人散步，開車
是海闊天空

城市人的生意人，和
城市的老百姓一樣
要賺錢餬口，組織小家庭
所以要忍、要闖，也要
有會飛的翅膀

像城市的高樓大廈一樣
越堆越高，越高越渺小

一九八一年九月三日

辦公室的女孩

辦公室的女書記
喜歡看人時露出滿滿的笑容
她旅行社裡的同仁讀慣洋書
或者喜歡些洋名字
華人名姓前面總喜歡加一個
法郎西、多尼或是碧姬的

辦公室的女書記
閒來無事愛看報
還愛向你問安好

她桌上擺設的世界旅遊
整齊得可以畫一個世界分布地圖

辦公室的女書記
喜歡在看透的玻璃牆照自己
今天美麗否？大方否？
她漂亮的衣裙或許在告訴她
明年的今日，她不再
照鏡子，卻在轎車中
握她心愛郎君的雙手
細聲探問：美麗否？大方否？

一九八一年九日十日

改行

早出晚歸那人上樓去
倒頭呼呼大睡了
忘記還有一位同房
報社當文藝版編輯的
每晚須挑燈夜戰至子時以後
無數黑煙蒂的煙灰缸，煙霧瀰漫中
筆墨終擠出幾行甜酸苦辣
文章千古事啊！明日親見它們
白紙黑字，換來幾文薄酬

興奮時拉著他的好友
街邊大排檔請客去

早出晚歸那人現棄文從商
臨睡前，在塵封的檯燈下
看自己長而模糊的身影
疲乏之後斜躺在牆角黑暗處
呼呼睡後偶爾大夢初醒
驚覺窗外和街頭都沒半個人影
同房還在燈下摸索、尋覓
一條不斷奔流的河道之間
有淘不盡的營養和礦物
人醒著時本不該沉醉
睡著時有夢則不應大醒

人生啊！到了明晨又要趕路般
挽著公事包馳騁南北東西過日子
換來三餐溫飽，商場上
賺取自己和別人的血汗，賣的是
美如珠寶，價格大眾化的
人造金鋼鑽

一九八二年三月七日

想你

總盼望在春雪融化時遇到你
三月杜鵑花好芬芳，摘一朵給你
一如青春的你抹去輕愁一片片
春天早晨握你的手
晚上撕掉寂寞的外衣

情和愛是兩瓣花蕾不開又不合
空留一些記憶在含苞的蕾中
讓愛侶傾談，直到彼此
忘了晝夜星辰
忘了該走回返家的小路上

那時刻的光陰
是剛修好的高速公路
任憑飛馳，甜蜜的笑語往返如常
挾著快幾拍的曲調浪蕩著
待到垂暮的黃昏
歡樂尋到了終點

是以我不敢多想你
我的心狂似兩條待拉的弦線
一處是嘆息，另一方則是私語
縱有薄冰一層層，覆蓋著
遲到的春天

一九八二年五月八日

如果

如果推開你的窗簾
涼風帶些落日黃昏
灑一片金光在你童歌的臉上
那時音符是一段海灘故事
野火燃起喇叭的和音
輕俏地跳躍著歸人的琴鍵
一邊是沙岸背棄了多時的腳印
鞋子上刻著一串串
佛珠般的牽念
另一邊，我還看到

你窗前一個春天的早晨
雨露和草葉兩相忘懷了好多年

如果我是你
我將把憂傷的歲月
隨著厚厚的塵埃
向窗外的青山投奔過去

那時，我將扭開收音機
爭聽吶喊的流行歌樂
到海邊沐浴浪花
和輕拂的涼風共同游泳

那時，歲月將老去
像草葉般了無傷痕
不願再見你繃緊的臉譜上
跳出一首節拍全無的成年歌

一九八二年六月六日

駐足

走寂寞的長途八小時
這路是泥濘的化身
可以看見山和水
當石頭滾落下溪谷
滿足般聚集一些歡樂的臉容
火焰熊熊把目標射出去
又回到來時那起點

千辛萬苦趕完這趟路
途中山峰起伏著孤傲的顏色

那霜雪，像見到煙霧般
如同見了生命在鼓掌
行到空無去駐足
有許多人穿插而過
有許多人隔岸觀火

一九八二年六月二十七日

母親

那流浪的孩子何時回到你身邊
白髮如霜，每個冬季的擱枕不眠
也只不過異鄉殘夢般
等待風雪過後，急急寫下
每一行竹報平安的航空信

六載已逝，亞熱帶的綠樹依然
茁壯成長，唯獨你

母親，白髮如銀
像滴滴淚水的結晶
很遙遠，銀河星系那般模糊
祝福變成一條條加深的皺紋

現在，一年皆夏
我終於返回你身旁
彎腰的椰影，爽朗的氣息
我開始害怕流浪了
那時，我要捉摸歲月的身軀
每一刻都記得你老邁的背影

一九八二年十二月九日

德士司機

擺動的方向盤，一直往
動向不明的街市
不斷前進

不知為誰趕路忙
或為自己的前程
細訴留影。在午夜
加油站旁洗盡一天泥塵
和疲累，和那部
黃色計程車，以及和那人

帶著些微喜悅與滿足
終於可以回家了

是的，終於可以回家
可以見到妻
叫喊著爸爸的孩子
轆轆的車輪響沒聽見
不再趕一場赴約了
誰在乎計算著日夜的里程呢

等黑夜亮開一排排街燈
車子紛紛隱沒在巷子裡
總有一些踢踏的腳步
猶似在尋索些什麼

活在今天和明日的邊緣
好像活在馬路中間

一九八九年四月二十日

琉璃時光

歲月悠悠
時針秒針
一長一短
劃過夜空
地球另一端

長夜漫漫
無關痛癢
誰在野外
不斷虛擲
空杯的時光

人海茫茫
相識與否
河水流過
美目相投
永遠不相望

流水潺潺
倒影你我
你在遠航
我在靠岸
逆流的方向

涼風瑟瑟
拂過帳房
雨傘的家
你前我後
補漏和結網

一九八九年五月二十六日

詩人的天空

詩人的天空
是一粒上升的氣球
他坐在上面
浮浮蕩蕩地
渡過每個早晨和黃昏

詩人的天空
是他房間的天花板
和纏結著無數的蜘蛛網
世界在風湧雲動

他卻在網內
編織他的白日夢

詩人的天空
分一半給了情婦
他看不到七種彩色
掛在天邊的虹
只有一束人造花
把不朽插在空瓶裡
陪他吃不完的早餐
是昨晚殘留下來的雨露

一九八九年六月三日

有女同車

她們不斷地東拉西扯
沒理我，路上駕著計程車
交通燈前面的雙白線
該停，還是過
去她們沒有目的地的地方

她們說說笑笑
眉粗鼻高，沙啞的聲調
聽不到時日的惆悵
在旋轉　世事的延展

在輕嘆　至於
法國香水，手鈴耳環
男女性別，年齡的衣裝
喋喋不休，從不錯過
媚俗掛在嘴邊，侃侃的交談
她們偶爾和我搭訕，探討著
喜不喜歡吃冰淇淋
這嚴肅且具爭論性的課題

她們下車
留我在遠遠的巷尾
遠遠看回去
多麼婀娜多姿的身影
燃燒著液體的高溫

隱蔽著花裙和胸脯以外
不可告人的身世
但卻讓人分不清
該施捨同情或是無限傾慕

那些雕塑的花瓶
那些不捨晝夜
織夢的男子

一九八九年六月十五日

我還活著

——當台北的舊友捎來問候的信時，
我就這樣告訴他們：

如果向西南望，一個半島
深呼吸就一陣痛的西南半島
住著一個流浪的人
荒郊的篝火燃燒著
燃燒著碎爛的朽木
野草的霉臭蔓延開來
在累倦的星空下，每當
有人在笑
有人在哭

而無盡止觀望的我
被擠壓在中間
哭笑不得的時候
我就堅決讓孤獨的土壤
與荒野的蚊蟲共枕
流放的裂口，任意在
高燒的體內腐蝕，滋長
並尋找光線，水源
從看不到的地方
到清泉的出處

我還活著，日夜思念你們
工作。吃飯。想念。
活像隻長頸鹿

期盼一屋子的喧鬧
從千里外，圍繞我們之間

一整個冬天風雪的冷暖
空留一籮筐往事
和往事成灰成燼的　燭光
　　　　　　　　　　燈光
　　　　　　　　　　淚光
陪伴海外半明半滅的月光
在西南方，萬家螢火的家居
某個無人窺探的角落
當夢魘墜入深不可測的黑井
逐成浮光和泡沫
夜色迷濛之際

盛滿昔日的笑聲人影
將隨早到的晚風
雲霧般散去
雲霧般撩起

我還活著，在今夜
故鄉粽子的體溫
未在異鄉冷卻之前
面對一張空白
催我失眠的稿紙
寫了一封
無風無雨無段落
而鄉音溢滿斗室的航空信
給你們：

我還活著……

一九八九年端午

節日

（一）

車站擠滿了人
街上流動著車
車和人都在談戀愛

防撞桿貼著方向燈
親嘴，外套挨著肩膀
在摩擦火花，在追趕
一年復一年
回家過節的路

（二）

他拉開抽屜
拿起一張褪色的信紙
想寫一封家書

力透紙背的鋼筆
一字一句的咬
吞進滾熱的湯圓
吐出雲霧的想念

黃昏下雨
天地轉暗，變黑
失散的小麻雀

急急在啼，在跳
不知去南，還是向北

這時，有人開始咀嚼著
橄欖味的夜色
看風向寫日記

一九八九年六月十八日

茨廠街的背影

要不，我們篡改史書
脫漆的街名可以更換上
滾燙平滑的新衣
纏腳布那麼長
誰能記起？
要不，我們頻頻下注
決生死一賭
當手中掌握著
如獲至寶的一紙通令

把古老建築夷為平地
是一件易如反掌的事

今日廉價的搶購
變成他日高價的轉售

五十年前的茨廠街
繁華和熱鬧的背影
將深鎖在歷史的扉頁
供遊客追思
歸人徘徊不去
五十年後的唐人街
仰望摩天大樓
看不到盡處

只好擁抱那條
傷痕累累，僅一間布莊就是
一條街的風景
一條路名的
葉亞來街[1]

在一大段斑斕的史跡裡浮沉
每當夜空無星，馬路無車
泫然不能自已

一九八九年六月十九日

1 葉亞來街，吉隆坡最短的一條街。目前新開張的漢明布莊，整排店面，就是一條街的縮影。

相見在雨季

我準備好一道
你喜歡吃的小菜
一條清蒸石斑魚
聽說你要來
在陽台張望了好久

聊了半天
我們順手替石斑魚翻身
兩雙筷子碰在一塊
茶也喝了幾杯

原來遠去的日子
是那麼的貼身

我從房中取出一把舊傘
送給那個善忘的朋友
昨晚氣象台臆測說：
今天會下一場大雨
他的家離這兒
還有很長的一段路

一九八九年七月二日

家

散發著泥香和笑容
番石榴樹蔭下玩泥沙
自我追逐的鄉間小孩
他們的父親，大清早
騎著噴霧的電單車
趕去犁好的番薯園
在龜裂和鬆散的土壤耕作
烈陽下，豆大的汗珠
淌入乾癟的泥縫中

是插秧和澆水的季節
到了傍晚，所有回家的腳步
陪伴一個空水壺
褐黑的肩膊露出衣衫
縫補不攏的破洞。回到家裡
東家的老黃
躺在搖擺的藤椅上
在搖擺的暮色中沉思
西家的阿同
倚在竹籬旁，銜著一根
將息的煙斗
漫不經心地瀏覽
將暗的天空
視線投向遙遠

黃昏黑黑散去的鴨群
捉迷藏的孩子

母親把草笠吊在竹竿上
梳理一天的亂髮，趕忙餵著孩子
大碗的飯菜，甜甜的菜湯
然後蹲在廚房旁
默默洗刷
她丈夫的工作服
累積了一整天
濃厚的鹽漬

一九八九年七月六日

錯失

當你來時
我說要走
當你走時
我說再來
當你穿鞋
我說天色還早
當你漸行漸遠
我回房翻相簿
找幾張合照
揣摩你的背影

一九八九年七月九日

蜂

（一）

一隻叮人的蜂
飛撲向疾駛而過的車鏡
翻了幾十個筋斗
無聲落地

飛落的屍體
來不及碰撞馬路
即被後頭呼嘯而來的輪胎
輾得又碎又平

（二）

無風之夜，思索著
一些無奈而閃爍的場景
從死亡立碑的邊界開始
車輪下一隻昆蟲的孤魂
展示牠平淡但悲壯的葬禮
增添歲月無情的風采
冷觀風霜雨露，雨露風霜
傲視天下的我們
何嘗不是栩栩如生
輪迴的蜂，釘的化身
我們灑脫叮人，也被人頑固
擊倒。且處處擴展

蜂芒的刺刀，鐵釘的勢力
且錯以為
冷硬如冰的玻璃車鏡是空氣
可以穿牆入室
怕什麼頭破血流

（三）
夢遊中，我驚見
我是一隻
千手千腳
勤於採蜜的蜂

被鬧鐘吵醒
正好清晨六點半
一天勞碌的開始

一九八九年七月十二日

啞吧

愛哭與說笑
五百萬張隨著天氣變化的臉
鼓掌或棄權
這裡有一千萬隻摸黑的手

芸芸眾生中
有個半瘋半醉的漢子
一天到晚不說話
一張大口貼著石膏
變成啞巴的後裔

一九八九年八月二日

誰來伴我

受聘來馬工作的菲律賓女傭，大部分兩星期才休假一天。在這一天假期裡，她們做些什麼呢？吉隆坡同善路的金角舞廳，內設有俱樂部，是女傭常光顧的地方，他們在那兒聊天，喝咖啡，跳跳舞，許多話題就這樣散擴開來……。

兩個星期，那些發酵的日子
總算擠出一道縫隙
可以伸伸懶腰，吸一口
新鮮空氣，看一看
吉隆坡唯一的半天
悠閒的街景

總覺得日子
慢慢挨近中午的邊境
卻越不過島與國，河和海的
楚河漢界
雖窗明几淨
還是很累，饑渴
充滿探望晴空的細胞
如一口背鄉的枯井
渴望著天天下雨
不絕的水源，湧入心口

千島上的千島
住著千千萬萬的同胞
唯獨你，有著同鄉的絲線

一早就打來不停的電話
話筒後端捲曲的電線
像一把曲捲的鄉愁
催我趁早和大夥兒相見

想了很久，坐在
石墩和行人間
盡處的長廊
有人開始擁抱著
深褐色的皮膚起舞
徘徊間，我們竟湧到
同善路金角明麗的舞池
踏著舞步，那些人影
輕快地跳，熟悉的臉容

沒有男伴的舞姿，輕挽著
同性的腰身，同感著
熱切的溫度，一齊在蔓延
或許是人潮洶湧，還是裝不滿
四面八方的身影和笑浪
一直在舞台旋轉，要打發
一個尋常的下午

當燈火微微轉暗，燭光
引渡著雨花的世界
我們唱一首島上流傳的民歌
一支夢鄉沉醉的慢舞
把下午安裝在祥和的電插頭
把祥和盛在欄外的花瓶

呼吸一些陽光和雨水
帶著彎彎的月色
終有一天，可以
回去和家人團聚
回去和家人傾談

一九八九年八月五日

蚯蚓

擁抱著一片無光無色的大地
擁抱著濁流的溝渠
鑽入地獄的隧道
因我的情深湮遠
逐步瘋狂
開始控訴地上的藍天
開始盲目地捨棄
泥香的寒冷和炎烈
天堂在哪裡？
天堂有路無路

天堂有眼沒眼
我的聽覺不聞
我的視覺不問
我的知覺超出泥土
將塵埃掩蓋
將愛與恨
深埋

一九八九年八月十三日

病榻上

吊了四十天
每天一大罐，那種
不是葡萄的葡萄糖
窗外冷冽的風
吹進醫院灰白的房
護士小姐打針，冰涼的手
以及臨診醫生
牽強的笑容
即將停止的呼吸

停止傾聽，是我
最初的疼痛

出院之後
我沿著回家的泥路走
不敢回頭
手中捧著大包小包
防止肝炎復發的藥
耳邊猶想起，臨行前
醫生撥冗為我上一節，才五分鐘
珍貴的歷史課
醫院的窗戶
透視著晶瑩的人生，過客般
排列與我對坐

相視而笑不語
醫生的眼睛
像一把利刃
剖開重重黑霧
切入心臟深處
刺穿那個屹立不倒
頑固不堪的巨影

如今我是個聽話的大孩子
今夜婉拒了安眠藥
明日堅持和菸酒絕交

一九八九年八月十六日

時間

甚麼是時間
時間是趕去上班的人影
準時交貨的車
無所事事浪蕩街頭的癮君子
遲到最終還是歸隊的鳥群

甚麼是時間
時間何時才擺動
準時而規律的壁鐘
時間是大樹生小樹

滋潤與施肥，長成
一顆巨大無比的百年老樹

甚麼是時間
時間如雲煙
它冒出煙囪，悄悄失蹤
流過歲月無痕的雲
結滿污垢的窗

一九八九年八月十七日

登高——與妻女及小兒偉豪遊鄧普勒公園，上山尋找瀑布

我牽著偉豪的小手
追逐在妻和女兒的後頭
上山彎彎的柏油路
循著淙淙的水聲
尋覓一條，流傳整百年
雪白的瀑布

上到山腰，才發現
路已流回水族的盡頭，一潭
動盪不安的綠水，陪我

渡過一個週日開懷的假期
幽靜的熱帶叢林還未入眠
便被無數輕快的竊笑聲吵醒

再走上石階，兩旁的蒼苔
一些失修的年代
遺留潮濕的痕跡，觀望著
兩岸溪水翻動的落葉
落葉在水上含笑
轉過一張皺紋的臉
像箭頭，指向彎曲的小徑
而我們氣喘如牛，冒汗
踢踏著棕黃的枯葉走過

在這冷香，淡光映照的
崎嶇山路，幾經攀爬

終於看到雪白的水花
俯衝而下

我站在山崗上良久
一路瀏覽著枯葉和草色
地上的落葉像手掌那麼大
它們和我的掌相一樣
帶黃的臉色，凸露著
無數顛簸的掌紋
寫上流失的時間，日夜
押著溪水的韻腳

要把山樹和叢林
搬運到鬧市的山腰

一九八九年八月二十日

賠償——寫給所有的賭徒

他的四肢軟弱
五官變成倒洩的潑墨
頻頻向冷風索取賠償
在雲頂豪賭之夜

軟弱的四肢從雲頂爬了出來
加了衣的身體還有一股刺骨的寒意
生命須要烤爐，烙印
在雲頂豪賭之夜

那人向我借錢，透支明天
拿走昨晚發酸的半杯酒
生命須要典當，賣血
塗抹整個空白的夜

一九八九年八月二十二日

一九九〇年

墜地像一粒熟瓜
經過懷胎十月
遺腹子踢著母體的肚皮
哇地叫了一聲
自醫院的產房

抱走一臉蒼黃的孩子
寡婦流了滿臉的淚
為了紀念這一天
撕走木門上最後一張日曆

她還準備好霉濕的被單
明早一起床
裹著國字臉的孩子
在空氣裡耐心等待
天涯海角，孩子的父親
回來陪他們曬乾
整個早晨的太陽

好冷的天空啊
一九九〇年

一九八九年八月二十三日

老漁夫

昨夜，有人以顫抖的雙手
敲響我家破門
問我明日的航向
我微笑答他：
在一個遙遠的沙岸
明早我要趕補破網
收起鏗鏘的鐵錨
遠離地面去捕魚
跟時間的弓影一起出海
面對黑斑點點的生活

一九九〇年四月七日

陳氏書院

從古晉路的方向走過去
中間是擎天的噴泉
門前掛著兩盞大宮燈
向右看，屹立的大會堂
遙對著百年建築物
都是紅和綠，石雕的痕跡，人稱：
陳氏書院
在通往獨立足球場的彎路上
向人招手的深褐色大門
也不知在何時

左邊的鐵籬上
懸掛《老舍茶館》
血紅的布條，粗又黑的毛筆字
是過客不曾歇步觀賞
遊子何止留連一天一夜
清水般談笑著
任精武山長出千隻手臂，狂書天下
也無從校正
史蹟的是是非非，顛倒來寫
微微褪色古畫裡
花鳥及人物
一一跳出吉隆坡施捨的牢籠
哀聲嘆息，覓食尋根
引來呼呼車影

噴著濃煙黑霧一陣子
竟到了
夜晚的街燈
盲目地點亮

當衣著光鮮，瀟灑美麗的男男女女
古畫下品茶聊天之際
碎裂飛櫓的一角
竟棲身一隻白鴿
聆聽眾生的訴說
夜深蟲靜，還遲遲
不肯飛去

一九九一年七月二十七日

歲月

為他消瘦的影子拉長
而且憂傷
為他的沉默寡言開啟另一扇
活動的百葉窗

繽紛世界裡
唱不完飛動的旋歌
靈魂的深處被靈魂的另半邊鐵門卡住
一切像留住青山
日子鑽進時間的洞口
彷彿在敲門

為了寂寞這名詞
他搜索滿房子舊稿
為了生活這擔子
血淚為他奔流到深夜

他應該看場電影，吃宵夜
空白不能挽留些什麼
沉醉在沉醉的武俠章節裡
空白不能挽留些什麼
他應該去垂釣、遊山、玩水
空白不能挽留些什麼
仰望長空、長夜、長長的……

空白的空白
不能挽留些什麼

一九九一年八月五日

武昌街
——惦記周夢蝶

那年的十月天，武昌街
向我投來一線光源
夾雜著微微寒風的臉

那年的十月天，武昌街
沒由來的向我揮一拳
打腫了臉，看不見
書攤有書，椅子有人

我急急上樓探你
唯一陣嗆咳聲，留我在家的
是夢中有夢，遠隔重洋的彼岸[1]

你是不是還在寫詩
寫你的山，你的水
一片幽香，冷冷在耳，在目，在……[2]

唯我離你
回美羅的家
吉隆坡的夜
莎阿南的黃昏
卻沒有山，沒有水
沒有幽香，在冷熱之中……

唯我離你
十年像來世

但知你去了士林
寓居山湖
寫你的童詩，看我落幕的風景

但願我是蝴蝶
輕飛一萬八千里
帶我的妻，銜我兒女

飛去台北，飛到士林
見我的兄弟，更要見你

一九九一年八月十日

1 七九、八十年間，在台北與朋友搞出版社，寄售叢書至各書店。某日，路過書攤，唯不見詩人，詢問茶莊老闆，始知詩人住在樓上。上樓探望，詩人走出門外，卻一陣陣嗆咳聲不止，在十月天的秋風裡，聽來令人心痛如絞，憐惜之情頓起。

2 周夢蝶的《行到水窮處》詩中句子：「卻有一片幽香／冷冷在目，在耳，在衣。」不敢掠美。

梵音——為霹靂洞、三寶洞之行補記

佛在金裝，念珠落地
鑲嵌進夢的焦土

佛門洞口，掀開兩面蒲扇
迎風入洞，呆呆斜看，一尊
冥想兩千多年的，睡佛

有人岩臂補畫，有人燈旁添油
有人唱題，有人端坐

有人拍照，把鏡頭
轉向來世

那人為夢尋根，沒有結果
野獸爬上天堂，眾生走入地獄

佛在金裝，念珠落地
鑲嵌進夢的焦土

一九九一年八月十七日

鄉野

卡車吐出一圈一圈的黑煙
波波波波竄過山頭的樹梢
小路的盡頭流出一條小河彎彎
垂釣者在看，釣竿上的尼龍繩
唯魚兒還沒上鈎

輕工業和樹一樣綠的工廠
煙囪在加班，緩緩的
幾隻雲雀飛過光禿禿的山腰，向南隱去
一輪紅太陽，掛在天邊微微笑

一群散步的孩子在泥路上瞧
一群灰鴿子在天空散步
腳步閒散著夢一般的飄雲
氣壓在下降，輕風拂過
要多快樂
就有多快樂的音符

時間一步步滴答
跨過木板紅橋的向晚
腳踏車咿咿呀呀，也踩過了
木板紅橋的向晚

這一天，風是留下來了
這一天，爸媽也回來了
孩子們倚靠灰白的牆，開心品嚐
爸爸剛從外地買來的山榴槤
媽媽剛從樹上摘下的紅毛丹

一九九一年八月十七日黄昏寫於萬宜工業區

重生

不是夢的，卻有夢的憂歡
不是槳櫓，卻有方舟的逆水而游
大合歡之夜，每個人都提高了音階
離別的剎那，誰都不肯為
獨弦琴的哭泣，流下一滴熱淚

日子往壽板香的店面走過去
日子也會從黃泥和雜草叢生的墓地
慢慢爬出來

一九九一年八月二十八日

輕輕招手，婉約的
紅樹林，似曾經
如沐春風，相遇驚喜
頻以擺渡人的雙手試探
吉膽島的波濤洶湧向外
水漲的漁村，成群的
魚音合唱，向歸人
踏步的方向游來，又游了回去

卷三

風的顏色

（一九九三～一九九五）

時代的潮流——遊馬六甲有感

總覺得這是一生的敗筆
落日長影，沒有結束
翻上崖岸觀照四海
這橫掃千軍的殘痕，一一露現
眼前旅客無限憧憬的眸中
如此拾級向上，海浪滔滔
向下，人潮洶湧而至
劃破時光隧道的史蹟
總聽到古炮破空的絕響

穿過紅樓磚牆的視線
透視資訊發達的九十年代

唯六百年來
馬六甲不曾
為她漫長的背影
寫下一頁輝煌的史詩
當落日在西，東方在半島
沿著海峽岸線污濁的暗流
旋轉於無數朝代中
穿越時空吶喊的聲音
不可抗辯，風風雨雨
時代的潮流

一九九三年八月十六日

知音

——為蕉風三十八載回顧展
兼「文學的聲音」之夜有感而作

他那撥弄弦絲的手
投向無波的驚喜
我一生中的撼動
高山在哪裡？
流水在哪裡？
總聽到絲絲的幽怨
穿過彼此的耳膜
至心田肺腑，不能自拔
循著淙淙的水流而下

到萬里的邊疆
遺留寬坦雙臂的廳堂
片刻的寧靜

是片刻的寧靜
或是歷史的陳蹟
漸漸構畫出一幅
清晰的藍圖
眼前所見，是三十八載
漫長的繆斯長路
高歌吟唱，低語輕訴
無窮的蕉風椰雨
只是那一瞥的風情
卻只專為燦爛詩興的長夜

默默譜下，無盡的
又是無盡的弦音

一九九三年八月二十九日

遺書

寫了一封信
想了好久
應該還有一個空間
填寫些支離破碎的字眼
好讓他看了
酸痛一輩子

一九九三年十月八日

寂寞

和風雨一樣灑脫
漫步走過的長街
窺視深夜的人影
徘徊和異動，遠處
小販三輪車的歎息
伊伊呀呀輾轉到巷口

三五成群的野狗，狂吠著
高高低低起伏的山巒
當夜晚向卡拉ＯＫ的歌聲

一一告別
世人便開始尋索
莊周裡的蝴蝶

是夜色經不起勞累？
還是夢幻的色澤太深太濃
浸染一片枯黃的遼闊草原
陪同流星在沙地上殞落
隱隱向陰暗的一角宣告
九月是寂寞的

始終是那個獨行的夜歸人
始終是那一段曲折的長路
當車子飛馳上高速公路的尾端

野狗狂吠著沉默的山脈
出自雲海間
一輪新月，暗自傾訴

一九九三年十一月二十九日

山河歲月

坐看雲霧的日子
黃泥的堤岸
兩隻童年的腳印
一踩就是四十年

一口井的日夜環抱
遼闊無邊的曠野
茁壯的草木
席捲我進風沙的大千世界

當夢踩在草原上
顏色越來越鮮豔
流浪開始流進我的血

當夢夢遊到堤岸
童年開始在褪色
隱蔽喜怒哀樂的歲月

一九九四年一月七日

送別——悼母親

以為在夢裡
可以和你相見
沒想到投靠
這一絲絲牽掛
拖了又拖
滿滿的七十年

送別和相見
在夢與不夢之間

相見和送別
也在夢與不夢之間

握著潮濕的黃土
錯以為是一世
流乾的熱淚
走過一圈
香煙裊裊
空氣是下降的煙塵
今早剛走完
一段沙石泥路
明天再來墳前
燒香，默默禱告

聽你常講的故事
慢慢療傷

一九九四年二月一日

霾害

此時的天空
灰色的秦俑
怒目的豎立著
倫敦的迷霧
伸手看不見五指
拍在全身的傷口上

一把火
狂烈地得到重生
花草和樹木的焦薰
唯獨海嘯在笑

巨浪的狂捲任它拍打
二氧化碳的酸雨
盡情的交配
慢慢地腐蝕
億萬個細胞的長夜
如爬蟲和爬蟲的
格鬥

不看也罷
翻開這個世界
死魚的一張臉

一九九四年三月十八日

註：印尼森林一場大火使大馬半島籠罩著迷濛煙霧久久不散，使人憂心忡忡。

沉落

是歲月的銅鑼
敲響子夜的沉默
在虛脫的等待中
喚醒風雨瀟瀟的長街
鋼鐵一般的陋巷

該有魂魄飛散的夜雨
該有三五成群
伸脖張望的野貓
轉動著飢渴的黑眸

耐心地期待和追趕
一隻逃獄的老鼠

是不是擁有七彩繽紛的夢
就擁有光和熱
初生嬰兒乍見豔陽的驚喜
輕風般和稻禾的生死
共同活著

是不是跨入時光陰暗的隧道
就跨入三生明朗的輪廓
注定徘徊在今生的窮巷
復活節那天
和復活節以後一起落寞了

是歲月的銅鑼
敲響子夜的沉默

是那隻逃獄，驚慌失措
過街的老鼠
子夜以後，血路上
潛逃中被黑貓的鐵爪逮著
是命運在黑暗的角落
頻頻翻錄一些斷續的
瘋人院流傳的歌聲
連同初生嬰兒
扯脫的臍帶
任海島兩岸的狂嘯

嘶喝著脈搏的乳名
隱痛地沉落

一九九四年五月二日

紅樹林——與家人共遊吉膽島有感

渡輪排水的重量
奔騰狂舞的水花
撩起過客眼前的
一張張雪亮
好奇和欣喜，像浪濤驚拍
吉膽島一條水路急急的追趕
盛裝飄搖的旅程

飄搖的旅程多風，又是
初來遊覽的細雨

超載著冷冷的朝露
日夜往返的星光
銅皮的月亮
讓沉默許久的海洋
漸漸來靠岸

靠攏一些吧
冷冽的雨珠滴落在
潮濕的甲板上
也打在引擎的排氣管
向海風的猛颸呼嘯而過
推開水銀的波浪
深度的測量
遙對著一排排婉約的紅樹林

恆久等待中
便輕輕招手
緩緩地渡過水鄉
風雨的日夜

輕輕招手，婉約的
紅樹林，似曾經
如沐春風，相遇驚喜
頻以擺渡人的雙手試探
吉膽島的波濤洶湧向外
水漲的漁村，成群的
魚音合唱，向歸人
踏步的方向游來，又游了回去

久久等待，輕輕招手
婉約的紅樹林
晚上我是星光
點亮螢火蟲，輕披衣裳
投身片片青蔥的嫩葉上

輕輕招手，紅樹林
晚上我是星光
在潮濕的泥巴上
也要與你的夢幻
憂傷，同步成長

一九九四年八月六日

生機

（一）

羽毛輕輕飄落
污泥的深潭
一望無際的塵沙
在茫茫然的天地翻滾

而羽毛依然自在
輕輕飄落

（二）

風雨的訊號
穿過磚牆呼嘯而來
候鳥拍濕了翅膀
依然來回尋索
期待一群飛翔的影子
傳來歡呼的歌聲
如同回味的甜品
在甘苦的記憶中攪拌

（三）

都門的空氣調節中
關節炎如火苗

燒痛地蔓延
提升了熱爐的體溫
湧入空罐的蒼白，生鏽的
有時候在夢的邊疆腐化
有時候在冰冷的街道伸展
頻頻以戰火
仇視、怒目
相互圍觀

（四）

涉足泥巴
深陷在河口的陸地
這兒是綠油油
在童話中長大

迎風起舞的靠岸叢林
倒影著整排煙水的漁舟
吐露嗆咳後疲憊的幻想
同時唆使飄浮的
殘枝腐葉上岸
嗅覺裡有一股濃烈氣味
醃過的魚目
曝曬升天

（五）

廟裡傳來沉重的鐘聲
有人剃著銀髮，血影中
為一個初生嬰孩的問世
誦經唱題

（六）

一隻蛤蟆奔跳入窮巷
晚鐘洪亮
有人捲走輓聯
靜悄悄地離去

（七）

和尚從破廟苦行走來
袈裟沾滿血漬
跨入宇宙輪迴新世紀
流行的樂音和遊蕩的腳步前呼後喚
街頭行人放下背包
觀看矮人玩耍雜技

唱片行如雷的傳開
末代的幾首聖歌
特別響亮那幾段
刺痛帶傷的耳膜
如同牆角蹲著的乞丐
未曾喊叫就已沙啞的抗議

一九九四年九月十日

如果

如果夜裡尋夢
瞧見蛇群
穿上彩色衣服
我就快步奔走
回家。小河流水
倒裝童年的果樹椰影
木板裝修的牆上
颳起風來會笑的茅草

如果白天上班的車站
碰到飛馳而去的車隊

噴我滿臉的黑煙
我就用污垢的手洗臉
洗掉滄海桑田
歲月漂白
日子洗刷
洗刷
漂白

如果日夜寫詩
為活著的心血
感到非常憤怒
我就聽歌練武
好讓蛔蟲爬過肚皮
剝蝕我的想念

童年的夢牽著日子閒蕩
赤日的雨滴在泥土芬香
為每一段快樂的歌起音合唱
同時鋪路
一大片狂傲的陽光

一九九四年十一月十四日

年終紀事

消失

玻璃光線透進來
一顆水晶球
想念的距離
把時光拋得好遠

收拾

收拾心情
如收拾行李
回家過年

收拾行李
如收拾擾亂的愁緒
陪伴碎裂的月光
痛飲陳年老酒

謬論

童年的美夢
年少的理想
不惑的年齡

每天和神共進早餐
對話、握手

久而久之
在人間的煙火中
坐大
變成一座湖濱公園

日暮

時日形同貨幣貶值
歲月的魚尾紋漸漸加深

期待中的期待
閃亮的魚群
在河中央
逆流而來

雨季

雨的季節
鋅板上驚悸的滴答
招著魂魄的雨珠
落下來

為友人撐傘
一起走到車站

冷夜

寒冷的感覺是晚上
在雲頂高原
或金馬崙高地的

原野山坡
適逢
穿著
短袖襯衫

賭徒

手握大哥大
神奇的樣子
遙控地下萬字票
跑馬場的電視螢光幕

那人和神下注
抵押輸不掉的淚珠

無奈

晚間七點
華語新聞報告
一些評述的字眼
電視機看著我
我看著一片戰火

疲累的報紙走過來
翻開頭條
亞太區經濟峰會十八國
首長佔據印尼茂物王宮
抽煙閒聊
背後售賣軍火

自覺

每天來回八打靈
莎阿南之間
收費站
綠衣的女收費員
電腦無聲抗議
只不過為了
折腰的六毛錢

一九九四年十一月十九日

夜，已經很深了

（一）

擦著眼皮
持續讀書
一行行騷亂的詩句
螞蟻爬上餐桌的木腳
生活中，剪成一段
褪色的影片
在泥路上上演
同時朦朦朧朧
參雜入夢

（二）

擱著染塵和染色
一封不甚起眼的長信
撕掉剩餘半張
簽署日期
姓名和眼淚
崩裂的信紙
直到上游的河床
乾涸為止

撕掉
撕掉之後還可以重寫嗎？

（三）

合上眼睛
也閉上嘴巴
塞上耳朵之後

瞬間千歲的年輪
長眠於瞬間
是否可以短暫的停歇
觀看咫尺天涯
無盡的天遙地遠
寂寞的信箋可以航空
可以不顧生死的載送
切記著明天的涼風

傳遞到你的懷裡
一杯水
煮開的感覺

（四）

抒情老歌慢慢
重複的拍子
緩緩掀開窗簾
輕挽屋外的冷風
永恆的玉手

而愛情無法辯證
在讚美的空間
絕症在中央醫院蔓延
不就回過頭去
向無法痊癒的相思招認
頹廢的病歷表當中
一面孤獨的手掌
觸摸著細柔的銀髮
一絲絲，一絲絲
勾掛過去

（五）

詩篇讀到最後
閉上相思的雙目

無關乎這是盛唐
還是赤裸裸的現在
滿室凍頂的細菌
爬過牆角來回踱步
詩人需要搖滾樂章
夜央長眠於風雨
再往巷口走過去
就到火舌噴射的盡頭
盡情的燃燒吧
夜，已經很深了

一九九四年十一月二十三日

世相

（一）

請風變轉速度
空洞的巷口
挑起落葉的枯黃

（二）

回巢蕩漾的心弦
像海天的落日那般
激起無奈的思潮

一群鴨子岸邊猛拍翅膀
水波蛇形起浪
濕濕，涼涼

（三）

明天開始另一場趕集
行走江湖的鼓陣
敲擊殘夢的碎影
腳步甦醒，向前急速移動
電話聽筒尾聲的細語
不明路向的纏綿問候
給你壯麗，每個清晨
玫瑰花紅的見面禮

（四）

誰和誰在談戀愛
墓碑的刻字脫落
草叢中孤魂散播謠言
夢與夢的糾纏不清

（五）

不如歸去的寒夜
高樓巨影下找尋知音
暗巷播放聽不膩的流水歌樂
沒有將來的化石
在貧瘠的土地上尋根
你是誰

如果你是上帝
教堂的聖歌飛快地躲到後巷

（六）

過去的音符重新安葬
風和雨從容對話
透過蒼白的火種
風鈴響叮噹
鑑定了世紀開始淹沒的真理
枯黃的畫頁從古城流失
樹的年輪是百年
人的年輪是瞬間
打開封閉的鐵窗
月色的光線有點笑容，浪漫

（七）

請風變轉速度
一批批客工走向長屋
樓板上踏著鄉音
影子在流浪的湖面重疊

一九九四年十二月四日

總覺得

深夜歸來
一盞桌燈如晤
睡姿的身態
妻的棲息角落
那種夢鄉尋索的依靠
正如她纖細的身段
坐在搖擺的幻影之中

吻在妻甜甜的臉上
多年風霜就這樣融化

融化了初戀時的不經意
一段海風拍浪的
日夜都要歌詠的插曲

在蠕動奔波的歲月
將心扉的隔絕
開成一朵不謝的玫瑰
永遠惦記著
日夜的海堤拍浪
為我承受跳動的脈搏
是她在空氣中
留連穿梭
尋找活水的泉湧

總覺得這是夢的一世承擔
總覺得寂寞比喧嘩淒美
總覺得愛是噴泉
平靜的水，才是身上的血

一九九四年十二月十三日

景色

風雨來時
思維漫步流失
長街搖晃的背影
一段歷練的路程
任誰都無法阻嚇
都會吶喊的承傳
猛抬頭，無盡的荒野
山坡斜曲迷濛的幽徑
煙雲衝天，一隻如來手掌
拿捏著抖顫的

冷漠和冰寒
卻還想觀看
另一個晴朗的夜空

喜悅來時
忍不住要想天空
晴朗與否
許多山石和曲徑
風雨前夕赤裸的原貌
腳印可否長期辯證
狂風的呼號和山雨的奔流？
錯將滿山迷霧穿梭
隔著呼嘯的海潮
清晨的陽光

前程如路碑
邀遊樂園的雅興
醒來攀爬上路，感覺疲累
為字畫的宣紙落款題字
手掌握的盡是落葉的樹林

心血來潮
很想出遊探尋
看遍名山勝景的彩虹
流落得瀟脫，一步步
穿越農牧的山腳
大風颳走鳥棲的枯枝
草浪婀娜起舞
想到狂飆歲月

鋼鐵的捶印猶新
偶爾夜夢
山頭狼嗥
海浪驚拍
處處倒掛碑墓的長影
翻滾的依然，是流水
一條大江那麼長

一九九四年十二月十九日

詩

他在夢中翻爬
期許看到
來世一個巨大投影
讓日子開啟的門戶
掌聲進來
所有眼神凝注
領航的船影將駛向
稻草人偽裝的避風港

有浪漫的詩人撐船出海
兩側的魚群結隊而去
也有想靠岸
但終歸不能靠岸的碼頭

那時候
詩將裝箱入夢
遠離碼頭
不能平靜的公海

一九九四年十二月二十三日

故鄉的燈火

站在高崗上的候鳥
不知所為
一棵巨樹的枯枝
掉落最後一張紅葉
天氣有些涼意

車輛的高燈照射
蜿蜒上山的柏油路
流水向下
這一夜的江湖合該平靜
唯故鄉的燈火不能熄滅

蠕動的巨影，夜的心臟
有人在鬧市中點起蠟燭的舞姿
試圖改變駕駛盤的方向
迷濛的市街有濃霧，走出一漢子
不能確定自己清醒，還是狂醉
總得花些時日默默期待
候鳥的音訊全無
漫漫長空日夜改寫街景的宿相
星辰移動的長路
何時再掀起狂風席捲的訊息

把一段不如意
像世紀長的列車事蹟忘記

把凌亂的詩篇重新整理
美羅河的潺潺將匯集大浪
好讓故鄉的燈火不能熄滅

一九九四年十二月二十七日

暗流

整整一個下午
掌聲來源的盡處
激發了講演者的聲線
「人類的進步
鼠洞鑽開了一線曙光
做人所不欲做
講人所不敢講」
脈搏的跳接很頻密
在暗巷的水流間

可以從照明的路向看見
來自鏡子的回眸

髮白斑斑中
看到全是童年的夢幻
髮白斑斑中
看到的全是從地獄中來
與天堂對視的飛鳥

一九九五年二月一日

傷別

從機場回來
媽媽交代
晚上睡覺別著涼
風扇開的風
通風就很好

剛踏進家門
媽媽交代
爸爸穿過的涼鞋

好好擱在架上
用厚厚的舊報紙包好

凌晨起床
洗刷後吞了一大口美祿
趕搭校車
摸黑的天空起了變化
隱約的我看到
爸爸的影子頻頻在招手

爸爸回來的那個晚上
我把鞋架上的舊報紙拿走
涼鞋穿在他的腳上
祥和的他沒有忘記

為我盛菜舀湯
快樂地渡過一個清涼的夜晚

一九九五年二月二十三日

鴨子說話

和人一樣
鴨子一雙腳
會押韻
那閃動波影
發亮，輕輕帶著微笑
嬉戲的湖心

一條長尾魚
早早銜在牠
開合的唇齒間

和女人一樣
鴨子的舞步
最婀娜多姿
當牠離群失蹤
燒臘店老闆不會
錯過塗滿表皮
一層冰冷的麥芽糖
展示燒烤脆皮的
真功夫

和啞巴一樣
鴨子的舌尖
甚少轉動

慣用蹺起
無視天高地厚的長尾巴
代替人們無聊的辯解

和人一樣
鴨子喜歡蜜糖
活水是上游
愛情的
甘露

做夢也要雲遊
生存了無空間
變色土地
無喜、無樂

也無從憂愁起來
張牙舞爪的天空

一九九五年三月十六日

抽獎時間

當司儀調低音色
款款走向麥克風
抽大獎的舞台邊
燈火微微轉亮
為等候麥克風前
傳來小小的驚呼與喝彩

快步步上舞台
一紅衣長裙女孩的笑容
開得像玫瑰般燦爛

美麗海報後面
是落山磯起伏的地圖

轉了半個地球
看透了形形色色的山水
發現原來的面目
變成結網的蜘蛛
在倒轉乾坤的一夜

一九九五年三月二十九日

宴席

臺上的講稿
被一陣風和喧嘩
撕碎成半
賓主開始悄悄移位
誰在乎
今夜如何席開百桌
或是螞蟻蠕動的萬人宴

柔和燈火下
民俗舞蹈捲入浪潮

精湛的投入
每一個跳動的夢魘
且暫時淹沒
洪水侵入的巨浪

散席之夜
也是流浪人的不歸夜
仰望長空
只有一陣絕響的氣笛
穿透雲霄

一九九五年四月三日

長夜笙歌

——聽馬瑞權葉子吹奏曲調，韻味無窮

提氣吹奏
唇間銜著
兩片薄薄葉子
忽然繞過樑來
是一支笛子的長嘯
音符吹皺長夜的斑紋
顯然是把夜色
萬人追趕的燈火
導向光輝燦爛

走遍天涯，兩片葉子
他大半生的肺活量
盡皆從吹奏的空間
蠕動復活。對於美夢
他依舊那麼執著

走遍天涯
鞋子伴隨音節
同步在臺上和音合唱
宴席高歌擊節的
依然那麼熱切尋訪
是聽眾但不是匆匆
過客的知音人

一九九五年五月十五日

空間

簡單早餐
沾著有點濕的朝露
印度燒餅和拉茶的情愫
加強腸胃消化

穿鞋出門
看天色多變的下個世紀
襪子埋怨空氣
污染水溝蚊蟲繁殖
生活的鋼線

走索者停步在
單調的五線譜

在生存的空間舉拳
吶喊的邊沿
耍著雜技表演
街上的排氣管聲聲無奈
把市容攪得稀爛
依舊佔據廢墟
露天的房間

生死何樂
脊椎骨長年累月
執迷的加速硬化

鼓動每日血液循環
用半輩子的哭泣和恥笑
麻木末稍神經
回家的路更趨坎坷
歲月漸還原
未曾染色的山河

期待著傾盆豪雨
把久旱的大地哭醒
回來呼喚鮮活的魚群
江河　　日下
水清　　自流
直到永遠。。。。。。

一九九五年六月十三日

相遇

星夜相遇
趕路的雲靄開始變色
接受城市的風沙
常用微溫的手掌相握

難得在鬧市相遇
人潮很快把影子移走
隱沒於子夜
遺留不歸的笑容

寒風靜靜拂過
帳營前火種的歲月
直到氣血降溫
嬉笑這天色變冷的速度

到街頭茶館對飲
思念的影子在爐火邊
鑽到茶壺的香氣裡
相遇的知己沒有冷暖

一九九五年六月二十四日

惜緣

——致小曼

挑逗眾人的目光
一路探尋過去
夜雨來訪陳氏書院
初見你在臺階上
高聲朗讀冰冷的夜色
是七夕的牽引
使相聚的人潮暖和
把飛簷上瀟灑的雨滴
吟詠成千古的連綿夜雨

此時廊上細讀你的詩章
眾多詩人粉墨登場
把七夕捲入詩情畫意
唯暗夜的燈泡
盡皆在朗誦聲中起火點燃
遺留跳躍音符
喜悅的初逢，贈書道別
在這狂風驟雨之夜
當音容逐漸在風影中褪色
祝福便成為唯一
朝向南方鋼鐵的承諾

一九九五年七月四日

中年筆記

（一）

常常為了等車，早上
歲月顯得擁擠無奈
早餐以快熟麵
替代了匆忙的腳步
但不一定
可以趕完都會眾多的投訴信
然後用電腦
排版凸出的字體

（二）

回家用完晚餐接近
連續集的高潮情節突然
香煙廣告總是雲遊四海
觀眾繼續流淚

（三）

步調開始有些緩慢
中年的心事隨著黃昏
高樓西側一顆紅太陽
日子原來可以這樣燦爛的

（四）

落日以疲勞的
最後一瞥觀看市容
夜景橙黃色
在隱藏的夢裡
歡呼也是落寞的

一九九五年八月五日

祝福——致葉明

多年以後
天空的排陣
曾經有過矚目的星光
見證狂風之夜
九一三病房
在同善醫院

多年以後
手術刀疼痛的另一端
依舊把頑固的胃攪拌

留我燦爛的星光
在殘夜的燭火下
捧著剛出版的詩集
還沒朗上幾句
就已濺出滴滴的淚光

多年以後
七夕在地獄的另一端窺探
天堂在腳下
取笑你我數過的星光
像那一截縫合的傷口
肌肉緊縮
也是聲聲的祝福

而今　你我當該舉杯共飲
對著夜空長歎狂嘯
把不如意的那輪皎月
切割成半

聲聲祝福
長空萬里
你我最欣賞的一夜星光

一九九五年八月二日七夕，探病之夜

尋鄉

在斑白的半個世紀
清晨的雨滴用力
把垂疊的樹影
交錯成一張
不曾安睡的夢幻

很多聲音自天而降
放逐的山嶺填補虛幻
站在高崗上俯瞰，夜光渺茫
感覺是天色的緩緩開幕
便擠出一道向我投射的曙光

比喻自身名份，地球上
我是樹，放任的島國
我是根，大陸苦難的另一端
我是枯枝，新大陸的自在遨翔
我的母語
夢幻的故鄉那麼遙遠深長

當自由放逐
我的母語
唯一真實的故鄉

一九九五年十一月十九日

真正的那些年——《李宗舜詩選》後記

一九六九，十五歲那年。

從美羅的中學課堂百葉窗正中央望出去，靠近校長室的一隅，自左向右延伸的那幢辦公室矮樓上端，粗黑而突出的學校名稱顯眼：「中華國民型中學」。這時心中燃起了在課本上剛背誦的《一個小農家的暮》，華文課本出現了三十年代中國詩人劉半農，剎時走進我小小的心靈暫駐，挑起許多童年的回憶。

這首詩好像寫著我的母親和兄姊們，在那些年代為了簡單的生活和三餐溫飽所付出的沉重代價，面對所有農耕在天地間產生同樣的悲鳴，為了躲避常見的水災和旱災，農作物接近收成時卻因一場水患或水荒旱季眼見一切毀於一旦，血本無歸。投注大量的人力和心血最後竟是無奈和絕望。後來只好另覓良田，到高地繼續耕種為生，為討生活啊！只好留下唯一有書可讀，有小學可完成就學的我獨自在朋友家寄宿，完成了兩年無依無靠的小學生活。

那兩年，幼苗的心思串成了孤獨的熱火，延燒在人生旅程的田野，越走越無止境。有些童真的夢想，有些小小的不平和不知所措，更有些要去承擔的意志，填滿幼年無從適應的空虛。

一九七〇年，文學啟蒙的天窗，從一片污泥的濕地，轉向可以看到山脈綿延的美羅中華中學的暗角。華文課溫偉民老師在書本上的教導解說及延伸的幽默，溫瑞安的武俠小說世界在班上闖堂開拓，聽者眾多。以及爾後溫任平組成的天狼星詩社，奔馳各地的結社初訪，年少情懷總是詩，年少的激情像川流不息的流水，河水悠悠。

年少鼓起了一陣相互激發的詩潮，年少不服輸，年少強說愁。

年少在美羅寫成詩人的天空，一首〈最後一條街〉在山城誕生，不知天高地厚的詩人誕生。

千百年後，我再來此
用最最陌生的口音喊你最熟悉底名
最後一條街曾經走過的
許多腳步聲響起
許多腳步聲消失

這一寫就揮霍掉生命的年華，轉過頭來走過了命途多舛的二十二年。
重要事跡如一張撕破的魚網張開：
天狼星詩社在美羅成立，一九七三年。
天狼星詩社要員紛紛赴臺深造，一九七四年至一九七五年。
神州詩社在臺北成立，一九七六年十月十日。
一九七六年秋天，天狼星詩社與神州詩社決裂分家。
一九七八年，我和周清嘯在臺北自費出版詩合集《兩岸燈火》。

白色恐怖事件，一九八〇年九月二十六日，溫瑞安、方娥真成為階下囚，渡過四個月暗無天日的牢獄之災。

一九八〇年十二月，神州詩社解散。

遠離傷心地，遠離七年孕育充滿文學陽光的臺北，走到絕望的谷底。那時嚴冬。一九八一年，回到雨林，回到大紅花的國度。

一九八一年至一九九〇年，為生活奔波，緊貼上故鄉的腳步，在飄浮的生計中打轉，感覺無常。定居於蘭花城，結婚，三個孩子誕生。

詩集《詩人的天空》出版，一九九一年。未曾謀面的詩人陳瑞獻為封面畫像，詩集作序，序言簡短隱喻：

> 一片陽光敷在畫幅上，他提筆，把那陽光添入畫面。
> 他思量眼下一篇詩應否定稿，一陣風吹，吹合紙，他立即簽下名字。
> 宗舜詩天空即付梓，書寓言一則，以誌其師造化。

一九九四年九月，踏入留臺聯總位於八打靈的會所，四層樓的高度，常常是我仰望的燈火。在上班的日子穿梭，銜接那斷了線和臺灣昔日好友的接駁。結識詩人葉明，也是烈陽下的八打靈。

一九九五年，醫生診斷葉明患癌末期餘命三個月，倉促出版詩合集《風的顏色》，在留臺聯總舉行推介禮。葉明的缺席是所有朋友們的祈福，用他的詩作鏗鏘朗誦，希望他能聽見。

這一年葉明帶著詩集藍色的封面，和藍色的天，走了。地上留下幾滴血跡，像他寫過的潑墨。

二十二年，我以這些文學和人生閱覽將三本詩集《兩岸燈火》、《詩人的天空》及《風的顏色》重新不斷推敲，將大部分的詩作重修，有些只好割愛，集成第一本詩選，在一甲子年尚能僥倖存活至今，感到特別珍惜此刻，寫上感懷，向摸不到，但很接近什麼是詩的國度致敬，是她給予我熱度，走向不斷燃燒的山火。

感激的心常令人失眠，因為有你默默陪伴，因為我在不同的人生階段走過。

感謝詩人渡也，他像陳年高粱，恬淡卻溫馨。此番替詩選寫序，寫昔日的情義，華崗的陽明山，星夜的萬家燈火，有你，也有我

二〇一四年一月十五日莎阿南

BOD
Books on Demand

秀詩人02　PG1139

李宗舜詩選I（1973-1995）

作　　者 / 李宗舜
責任編輯 / 黃姣潔
圖文排版 / 詹凱倫
封面設計 / 陳佩蓉

發 行 人 / 宋政坤
法律顧問 / 毛國樑　律師
出版發行 / 秀威資訊科技股份有限公司
114台北市內湖區瑞光路76巷65號1樓
電話：+886-2-2796-3638　傳真：+886-2-2796-1377
http://www.showwe.com.tw
劃撥帳號 / 19563868　戶名：秀威資訊科技股份有限公司
讀者服務信箱：service@showwe.com.tw
展售門市 / 國家書店（松江門市）
104台北市中山區松江路209號1樓
電話：+886-2-2518-0207　傳真：+886-2-2518-0778
網路訂購 / 秀威網路書店：http://www.bodbooks.com.tw
國家網路書店：http://www.govbooks.com.tw

2014年4月　BOD一版
定價：350元

國家圖書館出版品預行編目

李宗舜詩選. Ⅰ, 1973-1995 / 李宗舜作. -- 一版. -- 臺北
市 : 秀威資訊科技, 2014.04
面； 公分. -- (秀詩人 ; 2)
BOD版
ISBN 978-986-326-235-0 (平裝)

868.751 103003773

讀者回函卡

感謝您購買本書，為提升服務品質，請填妥以下資料，將讀者回函卡直接寄回或傳真本公司，收到您的寶貴意見後，我們會收藏記錄及檢討，謝謝！

如您需要了解本公司最新出版書目、購書優惠或企劃活動，歡迎您上網查詢或下載相關資料：http:// www.showwe.com.tw

您購買的書名：________________________________

出生日期：________年________月________日

學歷：□高中（含）以下　□大專　□研究所（含）以上

職業：□製造業　□金融業　□資訊業　□軍警　□傳播業　□自由業

□服務業　□公務員　□教職　□學生　□家管　□其它______

購書地點：□網路書店　□實體書店　□書展　□郵購　□贈閱　□其他

您從何得知本書的消息？

□網路書店　□實體書店　□網路搜尋　□電子報　□書訊　□雜誌

□傳播媒體　□親友推薦　□網站推薦　□部落格　□其他__________

您對本書的評價：（請填代號　1.非常滿意　2.滿意　3.尚可　4.再改進）

封面設計____　版面編排____　內容____　文／譯筆____　價格____

讀完書後您覺得：

□很有收穫　□有收穫　□收穫不多　□沒收穫

對我們的建議：________________________________

____

____

____

請貼
郵票

11466
台北市內湖區瑞光路 76 巷 65 號 1 樓
秀威資訊科技股份有限公司 收
BOD 數位出版事業部

（請沿線對折寄回，謝謝！）

姓　名：＿＿＿＿＿＿＿＿　年齡：＿＿＿＿　性別：□女　□男

郵遞區號：□□□□□

地　址：＿＿＿＿＿＿＿＿＿＿＿＿＿＿＿＿

聯絡電話：(日)＿＿＿＿＿＿＿＿(夜)＿＿＿＿＿＿＿＿

E-mail：＿＿＿＿＿＿＿＿＿＿＿＿＿＿＿＿